李璟李煜词校注

〔南唐〕李璟 李煜 著
詹安泰 校注

上海古籍出版社

圖書在版編目(CIP)數據

李璟李煜詞校注/(南唐)李璟，李煜著；
詹安泰校注.—上海:上海古籍出版社，2015.7（2024.11重印）
（中國古典文學叢書）
ISBN 978－7 －5325 －7654－8

Ⅰ.①李…　Ⅱ.①李…②李…③詹…　Ⅲ.①詞（文學）—作品集—中國—南唐　Ⅳ.I222.843.2

中國版本圖書館CIP數據核字(2015)第 116015 號

中國古典文學叢書
李璟李煜詞校注
[南唐] 李璟　李煜　著
詹安泰　校注
上海世紀出版股份有限公司
上　海　古　籍　出　版　社 出版
（上海市閔行區號景路159弄1-5號A座5F　郵政編碼 201101）
(1)網址:www.guji.com.cn
(2)E－mail:gujil@ guji.com.cn
(3)易文網網址:www.ewen.co
上海世紀出版股份有限公司發行中心發行經銷
常州市金壇古籍印刷廠有限公司印刷
開本 850×1168　1/32　印張 6.125　插頁 7　字數 150,000
2015 年 7 月第 1 版　2024 年 11 月第 7 次印刷
印數:5,801-6,400
ISBN 978—7—5325—7654—8
I・2927　平裝定價:38.00 元
如有質量問題,請與承印公司聯繫

李璟像

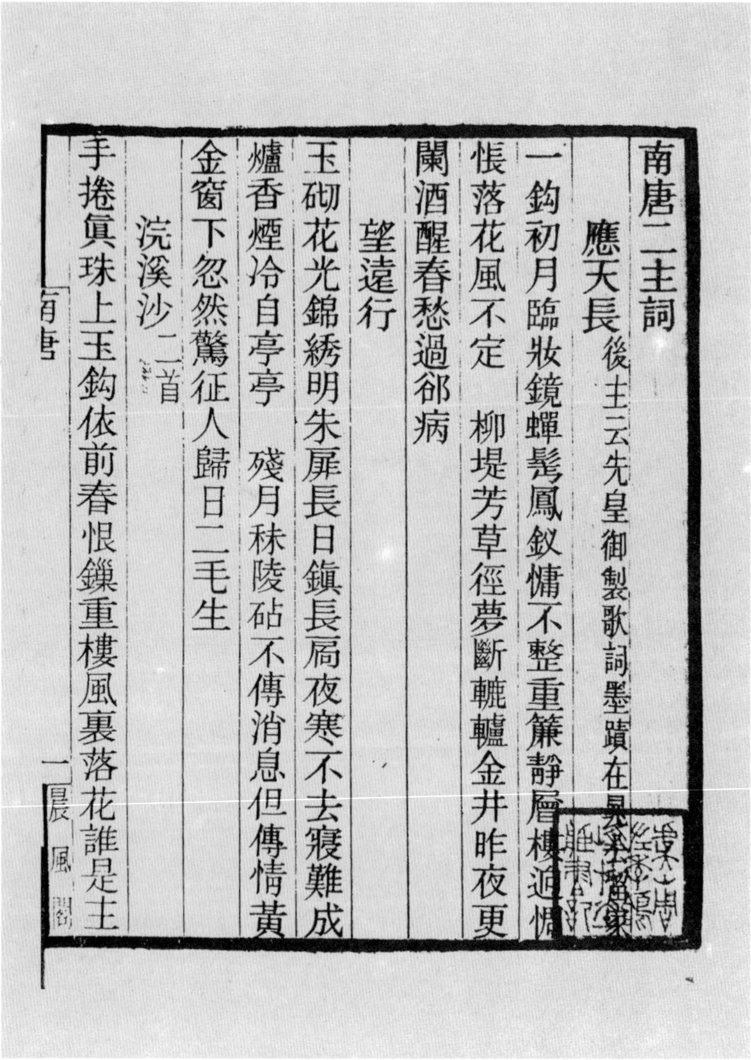
南唐二主詞

應天長 後主云先皇御製歌詞墨蹟在晁公留家

一鈎初月臨妝鏡蟬鬢鳳釵慵不整重簾靜層樓迥惆悵落花風不定 柳堤芳草徑夢斷轆轤金井昨夜更闌酒醒春愁過郤病

望遠行

玉砌花光錦綉明朱扉長日鎮長扃夜寒不去寢難成爐香煙冷自亭亭 殘月秣陵砧不傳消息但傳情黃金窗下忽然驚征人歸日二毛生

浣溪沙 二首

手捲眞珠上玉鈎依前春恨鏁重樓風裏落花誰是主

南唐 一 晨風閣

《晨風閣叢書》本《南唐二主詞》書影

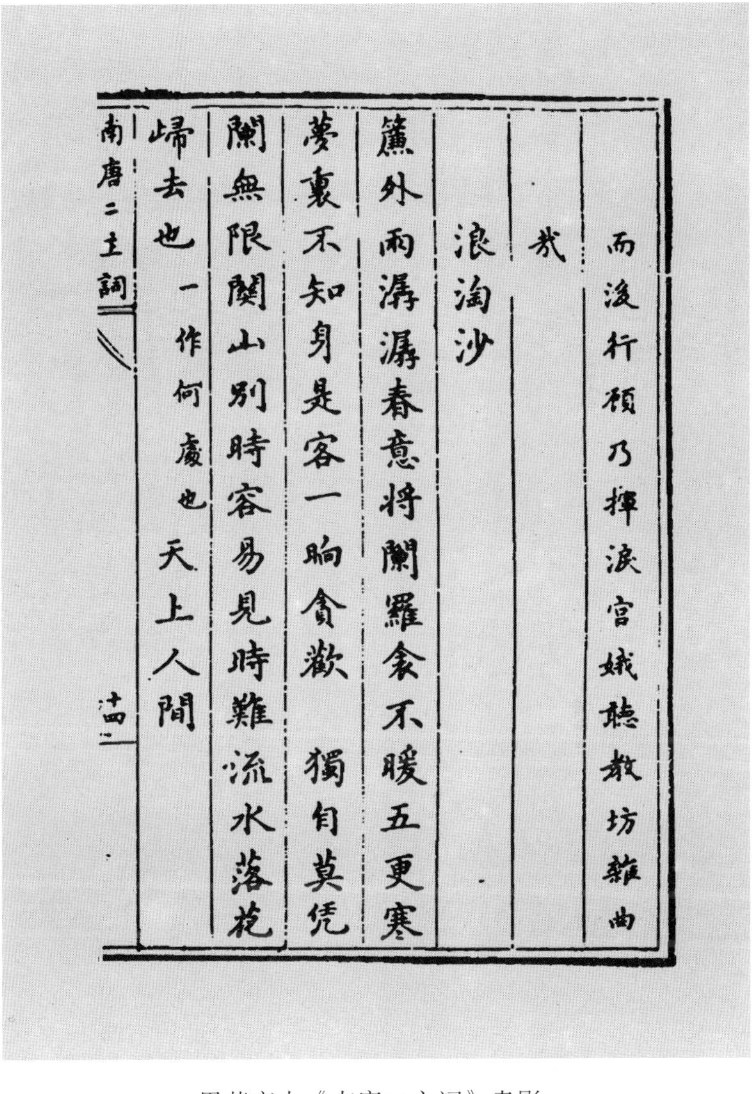
而後行頃乃揮淚宮娥聽教坊離曲

弍

浪淘沙

簾外雨潺潺春意將闌羅衾不暖五更寒
夢裏不知身是客一晌貪歡　獨自莫凭
闌無限關山別時容易見時難流水落花
歸去也　一作何處也　天上人間

南唐二主詞　十四

墨華齋本《南唐二主詞》書影

李璟墓室圖

前言

一

十世紀前半期，我國歷史上又出現了一次大分裂的局面，這就是「五代十國」時代。「五代」是指後梁、後唐、後晉、後漢、後周五個朝代。其中除後梁朱氏、後周郭氏外，後唐李氏、後晉石氏、後漢劉氏都不是漢族。自農民起義軍的叛徒朱全忠起，他們在唐帝國的統治政權被農民起義軍摧毁後，相繼統治了北中國五十三年。這五十三年中，他們經常進行大混戰，到處焚掠屠殺，弄到整個北中國都給戰爭與死亡的氣氛籠罩着，農業生産和工商業城市都受到極其慘重的破壞。

這時南方割據的九國（吴、吴越、前蜀、楚、閩、南漢、荆南、後蜀、南唐，連沙陀人劉旻在太原所建立的北漢計算，就是「十國」）都是漢人建立的國家，未受西北各落後部族的侵擾，諸國間的戰爭也少，因而人民生活得到相對的安定，仍能繼續生産。特別是西蜀和南唐兩個國家，既收納了關中一帶和中原一帶的逃亡人口，使勞動力不斷增加，且當時個別的統治者還積極提倡生產，務農桑，興水利等，因此，這兩國的生產力尤其發展，呈現出經濟繁榮的景象，成爲當時的兩個經濟中心地區。

詞是隋、唐以來的一種新興的配合音樂的文學體制，每首詞各有調名，每調各有定式，一般説，每字的平仄都有規定，後來有些調子中的某些字還規定四聲（平、上、去、入）。它所配合的音樂，主要是從西北各族輸入的「燕樂」。它是在我國民歌和詩體的基本句式上加以變化的一種新形式。它的產生和發展都和都市經濟、商業發達分不開。西蜀和南唐既然是當時的經濟中心地區，因而詞人的創作也集中在這兩個國度裏。

西蜀的詞，備見於趙崇祚所編的《花間集》（集中作者除温庭筠、皇甫松外，幾乎全爲西蜀人或流寓西蜀者）。南唐詞的集子，流傳下來的只有馮延巳的《陽春集》和這本李璟、李煜父子的《南唐二主詞》。

二

李璟（九一六——九六一），字伯玉，初名景通，徐州人，或説湖州人。本姓不明〔一〕，

〔一〕陸游《南唐書》、《江南野史》、《唐餘紀傳》均認爲李昪是唐憲宗（李純）第八子李恪的玄孫。《舊（轉下頁注）

父親李昪曾爲徐温的養子，名徐知誥，後來纔改姓李，名昪。璟是昪的長子，有四弟：景遷、景遂、景達和景逿。長子在傳統上是應該繼承父位的，因爲景遷是吴王的女婿，得李昪的鍾愛，又有權臣宋齊丘派擁護他〔一〕；景遷死後，李昪又器重景達，欲傳位於他，病危時，還有密信召景達，醫官吴庭紹把此事告知李璟，纔使人追回密信。他們兄弟之間是矛盾重重的。所以當立他爲太子時，他再三謙遜；將嗣位時，又要讓給景遂；既即位了，還宣稱兄弟繼立〔二〕；即位之初，就改元「保大」，希望不動干戈，保持太平〔三〕。就這些情況看來，一方面可以看出李璟在統治集團内部的處境是相當困難的，另一方面也可以看出他的性情畢竟比較温厚，和一般做了帝王就任意殺戮者有所不同。

李璟於九四三年（二十八歲）繼李昪做南唐的小皇帝。九五八年因受周威脅，遣使

（接上頁注）五代史》、《周世宗實録》均認爲李昪是唐玄宗（李隆基）第六子李璘的後裔。《新五代史》、《十國紀年》、《十國春秋》均認爲李昪出身微賤，先世不是唐代的宗室。《吴越備史》則以李昪本是湖州人，姓潘。夏承燾《南唐二主年譜》引《江南别録》所載李昪第四子景達先娶李德誠女事，證明李昪如果本來姓李，必不和李德誠通婚。從這許多不同的説法看來，李昪本姓什麽還是一個疑問。

〔一〕見《江南録》。

〔二〕據馬令《南唐書》、陸游《南唐書》和《五國故事》。

〔三〕見《釣磯立談》。

上表，願以國爲附庸，纔去帝號，稱南唐國主（史稱中主或嗣主）。九六一年卒，在位凡十九年。在這十九年中，初時還有他父親的餘威，將士用命，擴地很廣，在原有的二十八州外，更攻取了建、汀、漳、泉、劍等州，共三十五州，號爲大國，聲勢很壯〔一〕。九五五年以後就不同了，他奉表稱臣於周，周世宗（柴榮）下詔數南唐罪狀，一再親征南唐；久在醖釀着的以宋齊丘爲首和以鍾謨爲首的黨爭又達到尖鋭化的境地，太弟景遂爲太子弘冀所毒殺，不久弘冀也死，家庭的變化也更加複雜。在這樣的内外矛盾都在急劇轉化的時候，南唐國勢之所以日就削弱以至於萎靡不振，就完全可以理解的了。因此，李璟自九五五年以後的六年中實處於相當危苦的境地。

李璟本來就是一個「天性儒懦，素昧威武」的人〔二〕，在政治上的失敗是毫無足怪的。可是，他「多才藝，好讀書」〔三〕，「時時作爲歌詩，皆出入風騷」〔四〕，而當時南唐文士如韓熙載、馮延巳、李建勳、徐鉉等又時在左右，相與講論文學，因而他在文學藝術上却有相當

〔一〕據馬令《南唐書·建國譜》。

〔二〕見《江南野史》二。

〔三〕見陸游《南唐書》二。

〔四〕見《釣磯立談》。

高的成就。遺憾的是，他没有什麽集子（各書均無著録），流傳下來的著作，在文章方面，只有後人輯録的書、表、小札等十七篇〔一〕，還未必都是李璟自己寫的；在詩詞方面，詩，只有《全唐詩》録出的一首七律，一首不完整的七古和一些斷句，詞，只有《直齋書録解題》《南唐二主詞一卷》中所指出的開頭四首——《應天長》、《望遠行》和兩首《浣溪沙》而已〔二〕。

李煜（九三七——九七八），初名從嘉，字重光，號鍾隱、蓮峯居士等〔三〕，係李璟第六子。他天資聰穎，好讀書，「精究六經，旁綜百氏」〔四〕，又喜歡佛教〔五〕。文章、詩、詞樣樣

〔一〕《全唐文》録十二篇，管效先《南唐中主文集》增入簡短小札、書、表五篇，共十七篇。

〔二〕陳振孫《直齋書録解題》二十一，《南唐二主詞》一卷，「中主李璟、後主李煜撰。卷首四闋：《應天長》、《望遠行》各一，《浣溪沙》二，中主所作，重光嘗書之，墨迹在盱江晁氏，題云『先皇御製歌詞』。余嘗見之，於麥光紙上作撥鐙書，有晁景迂題字。今不知何在矣。餘詞皆重光作。」

〔三〕李煜的別號很多，有鍾山隱士、鍾峯隱居、鍾峯隱者、鍾峯白蓮居士、蓮峯居士等，考詳夏承燾的《南唐二主年譜》。

〔四〕見徐鉉《騎省集》二十九《大宋左千牛衛上將軍追封吴王隴西公墓誌銘》。

〔五〕見陸書十八《浮屠傳》、《江南餘載》下等。

通，還「洞曉音律，精别雅鄭」[一]，工書、善畫、尤精鑑賞[二]：可以説是一個發展相當全面的文學藝術家。他十八歲時，和周宗的女兒娥皇結了婚（即昭惠后、大周后）。娥皇長得很漂亮，通書史，善音律，兼擅歌舞，因此李煜夫婦間的感情很好。娥皇死時，李煜曾親撰誄文，裏面對她的容貌、體態、才能，以及兩人之間的恩愛生活都有生動具體的描寫；李煜有不少詩歌都是爲了娥皇作的[三]。娥皇死時，李煜二十八歲，過了三年，立娥皇的妹妹爲小周后。其實，小周后當她姊姊抱病時已經入宫和李煜私通了，煜詞中三首《菩薩蠻》都可能爲小周后作[四]。

李煜本是一個愛好文學藝術的人，又過着這樣的生活，於是就憑着他的特殊條件從各方面來製造美麗的氣氛：如以銷金紅羅罩壁，以緑鈿刷隔眼，糊以紅羅，種梅花其

[一] 見徐鉉《騎省集》二十九《大宋左千牛衛上將軍追封吴王隴西公墓誌銘》。

[二] 考詳夏承燾《南唐二主年譜》。

[三] 馬書六《女憲傳·昭惠周后》。

[四] 馬書六《女憲傳·繼室周后》指出「花明月暗籠輕霧」首；《古今詞話》更指出「銅簧韻脆鏘寒竹」首（《古今詞話》引《南唐書》提出兩首，實則《南唐書》僅指出「衩襪步香階」兩句）；夏承燾認爲「蓬萊院閉天台女」首也可能是爲小周后作，我同意這種看法。

外；梁棟、窗壁、柱栱、階砌並作隔第，密插雜花；又於宫中懸大寶珠之類〔一〕，充分表露出帝王家裏的豪奢生活的面貌。

儘管李煜做了小皇帝，過着豪奢的生活，他對待家内人的性情還是很真摯、仁厚的。不過他和他父親的具體情況却有不同：他父親的兄弟之間存在着許多矛盾，處境相當困難，他呢，幾個哥哥都早卒，對他繼承父位方面根本没有什麽矛盾，因此，在年青時和做小皇帝後若干年還可以過着美滿、愉快的生活。他對待妻子兄弟都很好，看來都有相當深厚的感情。當然，他這種感情的建立，也可能受了他的諸父間的深刻矛盾和他長兄弘冀毒死叔父景遂後不久自己也死去（弘冀在毒死景遂之後一個月也死，恐非善終，史迹已無可考）這些客觀事實的影響。他除寫挽辭和悼詩傷痛他的兒子仲宣的夭折和自稱鰥夫爲長文悲悼大周后之死以外，他的八弟從益出鎮宣州時，他率帶一些臣子餞别綺霞閣，賦詩並作《送鄧王二十六弟牧宣城序》送他〔二〕；他的七弟從善朝宋，給宋太祖（趙

〔一〕 據《五國故事》上、《清異録》、《默記》中。

〔二〕 按，從益係李璟第八子，序稱「二十六弟」，詩稱「二十弟」，均不符合。（序和詩自相矛盾，必有一誤。）這種稱謂，或係連堂、從兄弟合計以誇示家門的昌盛，不是同父之子的行次。

匡胤）留在汴京時，他上表請求讓從善歸國，宋太祖不許，他很難堪，罷掉四時的宴會，並作《却登高文》以見意，其中有這樣的句子：「憺家艱之如燬，縈離緒之鬱陶。陟彼崗兮企予足，望復關兮睇予目。原有鴒兮相從飛，嗟予季兮不來歸！空蒼蒼兮風淒淒，心躑躅兮淚漣洏！無一歡之可樂，有萬緒以纏悲。」悽惻酸楚，不堪卒讀。這就不是没有深厚感情的人寫得出來的了。他這時期，還寫了不少傷離惜别的小詞。這種種的表現，求之過去的封建帝王是很不易得的。

李煜二十五歲（九六一）繼承父業做南唐國主，那時正當宋太祖建隆二年，南唐已奉宋正朔稱臣了。就當時南唐的情勢看，已處在一個屬國的地位，即使李煜是一個具有政治長才的君主，也還不易挽救國家的頹勢，何況他只是一個既不能任用賢能又不能整軍經武的文學藝術家？這樣，他對於北方强大的宋，就只有年年納貢（甚至有一年中就遣使至宋進貢三次的〔一〕），委曲求全；吟詠宴遊，苟且偷安；同時，崇奉佛教，「以無爲之心，示好生之德」〔二〕，來求得精神上的安慰。南唐之不能復興，我想，他應該是看到的，

〔一〕見《十國春秋》十七。
〔二〕韓熙載上表中語。

（徐鍇臨死時，對家人説：「吾今乃免爲俘虜矣！」李煜很器重徐鍇，怕不會没有這種認識的。）他最大的希望，不過是不吃眼前虧，拖延些時間，不要自己做亡國的俘虜而已。因此，他在位十五年中，宋怎樣挾制和壓迫，他完全接受（如迫使南唐後主降稱江南國主，貶損儀制，改變朝服，降封子弟等，都是有辱國體的大事，他都忍受下去），只有詔他入朝一事，他就不敢冒險。等到宋遣曹翰帶兵出江陵，曹彬、李漢瓊、田興祚帶水軍相繼進發，潘美、劉遇、梁迥帶水軍浩浩蕩蕩地攻打南唐了，他纔感到受嚴重的威脅，一面叫他弟弟和潘慎修大量進貢，一面築城聚糧，準備固守；宋兵已奪取池州了，他纔下令戒嚴，不奉宋的正朔，表示不臣事於宋；直至宋和吴越會師圍金陵，他纔命陳大雅突圍召朱令贇帶十五萬兵和宋兵交鋒（可以説自李煜在位以來，真正和宋以兵鋒相見於戰場上的這是第一次，但也是最後的一次）。這一切，都可以看出他如何企圖苟全生命，如何駭怕戰爭，他保全南唐的信心是如何的低落。朱令贇既然戰死，他命張洎作蠟丸帛書求救於契丹又不能抵達，眼見亡國俘虜的命運已經逃不掉了，他想到囚徒生活的痛苦，也曾意圖自殺，但他又怎能有自殺的勇氣？等到金陵城陷，他就帶領殷崇義（即湯悦）等肉袒出降，並子弟等四十五人隨宋兵北上。第二年正月到達汴京，白衣紗帽待罪於明德樓下，受宋封爲右千牛衛上將軍違命侯。時九七六年（宋開寶九年），他剛好是四十歲。

從此以後，李煜在汴京過着俘虜的生活了。在他過着二年多的俘虜生活中，曾上表宋太宗(趙光義。趙匡胤於李煜到汴京那年的十月死去，弟光義繼立，改元太平興國)，請派他的舊臣潘慎修做他的書記，其中說：「臣亡國殘骸，死亡無日，豈敢別生僥覬，干撓天聽？只慮章奏之間，有失恭慎。」〔一〕又在寄給金陵舊宮人的信中說：「此中日夕只以眼淚洗面。」〔二〕又徐鉉見他時，他相持大哭，默不作聲，忽然長歎：「當時悔殺了潘佑、李平！」〔三〕可以看出他當時是懷着多麼悲苦和悔恨的心情！他這種心情，很真實地刻誌在他這時期的小詞中，因而他這時期的小詞最具有感染人的力量。

九七八年即太平興國三年，七月七日，李煜四十二歲生日的時候，趙光義就叫弟弟趙廷美賜牽機藥毒死他。七夕賜藥，服後毒發，死時已是八日的時辰了。他死的原因，一般都認爲他入宋後還寫《虞美人》、《浪淘沙》等詞。真的，李煜是一個最忠實於文學藝術創作的人，文學藝術在他整個生命中佔着很重要的地位，特别是詞，他把詞作爲抒發

〔一〕見王銍《四六話》。
〔二〕見王銍《默記》、《樂府紀聞》。
〔三〕見王銍《默記》上。

真情實感的工具，他寫這些詞可能是速死的原因之一。不過，李煜既然有悲苦和悔恨的心情，即使没有寫這些詞，怕也是很難得到善終的。

李煜著有文集三十卷，雜説百篇〔一〕。「文有漢魏風」〔二〕，「雜説百篇，時人以爲可繼《典論》」〔三〕。但書多散失〔四〕。文章可考見的有《大周后誄》、《却登高文》、《送鄧王二十六弟牧宣城序》、《上宋太宗乞潘慎修掌記室手表》、《即位上宋太祖表》、《乞緩師表》、《書述》、《書評》、《南唐金銅蟾蜍硯滴銘》、《答張泌諫手批》、《遺吴越王書》和《批韓熙載奏》。有人認爲其中《即位上宋太祖表》、《乞緩師表》是當時的詞臣寫的，《南唐金銅蟾蜍硯滴

〔一〕據徐鉉的李煜墓誌銘。

〔二〕見《江南别録》。

〔三〕見馬書五《後主書》。

〔四〕宋時已不全。王堯臣等《崇文總目》别集類二有《李煜集》十卷，别集類五有《江南李王詩》一卷。尤袤《遂初堂書目》有《李氏雜説》；又樂曲類有《李後主詞》。鄭樵《通志略·藝文六》有《雜説》六卷，注：李後主撰；《藝文八》有《李後主集》十卷，《李後主集略》十卷。元脱脱等《宋史·藝文志四》有南唐後主李煜《雜説》二卷（夏承燾謂應從《通志》作六卷），《藝文志七》有《李煜集》十卷，又《集略》十卷，詩一卷。明陳第《世善堂藏書目録》下尚有《李後主集》十卷。到清康熙時編纂《全唐詩》，於後主煜下就説「集十卷，詩一卷失傳」了。

銘》真僞尚難判定[一]。詩可考見的，有《全唐詩》所録十八首，並斷句三十二句。其中《渡江望石城》一首，與事實不甚符合，有人認爲是吴王楊溥作[二]。流行最廣遠，影響最大的是他的詞。李煜詞專集始見於宋尤袤《遂初堂書目・樂曲類》，是否即徐鉉在李煜墓誌銘中所稱的「文集三十卷」之内，已不可考。和他父親的詞合編的《南唐二主詞》，始見於宋陳振孫《直齋書録解題》二十一。王國維校補南詞本作《南唐二主詞跋尾》，認爲南詞本《南唐二主詞》，即是《直齋書録解題》所著録、宋長沙書肆所刊行的本子。由於封建文人認爲詞是小道，輯録不很認真，往往真僞淆雜，而後來的人，又意在輯佚，寧濫毋缺，因而裏面也攙入了一些别人的詞。可是李璟、李煜父子的詞的真實面貌却從這個集子裏可以清楚地看出來，我們要欣賞它、研究它、評價它乃至批判地接受它，這個集子還是替我們提供了應有的材料的。

三

李璟現存的四首詞中的具體表現是：《應天長》寫孤零無依的苦悶，《望遠行》寫所

〔一〕説見夏承燾《南唐二主年譜》。

〔二〕《江南餘載》、《江表志》、《五國故事》均以爲是楊溥作，李調元《全五代詩》以此詩歸入楊溥詩中。

懷未遂的心願，《浣溪沙》兩首寫無比深長的愁恨。而這些思想感情的表現，都是以男女之間的情事作爲抒寫的内容的。這種不是直截了當地表現作者的思想感情，是藝術創作的特點之一，尤其在小詞裏更普遍地使用着這種間接的表現方法。儘管作品裏所描繪的生活現象不一定是實際的情況，然而從它裏面所體現出來的思想感情和作者所要表達的思想感情應該是一致的。

我們知道，李璟雖然做了小皇帝，他在未即位以前和已即位以後，有不少時候的處境是很困難的。假如當心裏很不好過而又不便把事體明白説出的時候，就會運用小詞這種文學形式具象地而又曲折地表露出來。這幾首小詞都可能是在這些情況之下産生出來的，因爲裏面包藴着這樣的思想感情。我們如果從他困難的處境特别是周對他的迫脅這些歷史事實聯繫起來看，就可以摸出一些綫索（僅僅是作爲産生這些思想感情的綫索看，穿鑿附會地比附歷史事實，那是不妥當的）。四首都具有很充實的生活内容，《浣溪沙》兩首更滲透悲憤的情調，應該是他後期的作品。這兩首小詞已明顯地標誌着作者特有的藝術風格：第一，詞句間很少修飾，已擺脱了「鏤玉雕瓊」的習氣；第二，層次轉折多，又能靈活跳蕩，没有晦澀或呆滯的毛病；第三，意境闊大，概括力强，拆開來看，各個句子都有獨立的意境，合起來看，却從各種各樣的意境中來表現同一的主題；

第四，感慨很深，接觸到自己的感受時，都傾瀉出無可抑遏的熱情。這一切，在和他同時的詞的結集——《花間集》〔一〕裏是找不到的。《花間集》裏，像韋莊的作品，也少修飾，但意境不很闊大；像温庭筠的作品，也有層次轉折較多的，但詞句雕煉修飾，陷於晦澀呆滯，很不好懂；像鹿虔扆的《臨江仙》，感慨也深，但色彩很濃，也多修飾，而且他的四首作品中只有這一首有較深的感慨，此外都是旖旎風流之作。李璟詞這種特有的風格，可以說是他的藝術的獨創性的表現，因此他流傳的詞雖很少，而歷來對它們的評價却相當高。例如王安石對「細雨夢回鷄塞遠，小樓吹徹玉笙寒」的評價，甚至認爲高於李煜的「恰似一江春水向東流」（《雪浪齋日記》）。這當然是王安石個人主觀的看法，但總可以看出後人對李璟詞抬到怎樣高的地位。王國維在《人間詞話》裏説：「詞至李後主而眼界始大，感慨遂深，遂變伶工之詞而爲士大夫之詞。」我認爲李煜詞這種特徵，有部分是受他父親的影響，繼承他父親的傳統而加以發揚光大的。當然，他們父子的小詞所以有這樣卓越的成就，和他們的具體環境、文學素養以及内外矛盾鬥爭的種種現實生活是分不開的。他們父子具有同樣的特殊條件，而李煜過了兩年多的俘虜生活，這又是李璟所没有的遭遇，因而李煜詞的成就

〔一〕趙崇祚編《花間集》，歐陽炯爲作序，在後蜀廣政三年（九四〇）四月，時李璟二十五歲。

更突過了李璟。我們當然不能以一個人的生活情況來規定他的藝術成就，但如果在其他的一切條件大致相同的情況下作比較的説明，生活實踐便有極其重要的意義。

以上略談李璟詞的具體表現及其特殊風格。

李煜的詞，流傳下來比較可靠的有三十多首。這三十多首詞中，跟着他的實際環境、生活方式、思想感情的轉變，相應地體現出幾種不同的面貌：

一、寫豪華生活和艷情生活的。這是他過着很愉快的生活的時候的寫作，聲色豪奢，風情旖旎，愛和美支配他整個的人生觀。他這類作品仍有幾種不同的類型：一種是着重生活現象的刻畫，在活躍明靚的形象中顯示出嫵媚的情態，散佈着芳香的氣味，給讀者以豐富多姿、鮮明突出的畫面的。例如《玉樓春》：

> 晚妝初了明肌雪，春殿嬪娥魚貫列。笙簫吹斷水雲間，重按霓裳歌遍徹。
> 臨春誰更飄香屑？醉拍闌干情味切。歸時休放燭光紅，待踏馬蹄清夜月。

無數裝扮得很美麗的宫人，在宫廷裏，成行成列地在奏樂，在歌唱，直至踏月歸去，這是多麽鮮明突出的畫面！又如《浣溪沙》：

紅日已高三丈透，金爐次第添香獸。紅錦地衣隨步皺。佳人舞點金釵溜，酒惡時拈花蕊嗅。別殿遥聞簫鼓奏。

對舞廳的豪華的佈置，舞女的緊密活躍的步伐和婉轉翻騰的姿態，以及舞後歡飲、飲醉撒嬌的情況，都很細緻生動地刻畫出來了。而開首從「紅日已高三丈透」説起，説明這是通宵達旦的情況；結尾以「別殿遥聞簫鼓奏」收束，説明這是帝王家裏的普遍的生活方式，更使人可以從中聯想到其他許多類似的生活現象。這類描寫生活現象的藝術手法，應該説是相當成功的。

另一種是在精刻細緻地描寫人物活動的同時更多地表達出他的心理活動的情態的，這類的寫法，更具有感染人的力量。例如《菩薩蠻》：

花明月暗籠輕霧，今宵好向郎邊去。剗襪步香階，手提金縷鞋。畫堂南畔見，一向偎人顫。奴爲出來難，教郎恣意憐。

在一個嬌艷的花正開在朦朧淡月、迷濛輕霧之中的環境裏，一個女子決定向一個男子求歡，雙襪踏地，一手提鞋，帶着慌張的神情而又輕輕地朝着一定的方向跑，到了畫堂的南邊，偎着她心愛的人微微地發抖，然後從火熱般的愛情裏説出自己的心裏話。這樣地描寫男女幽會的情景，是具有多麽强大的吸引力！這簡直是衝破了抒情小詞的界域而兼有戲劇、小説的情節和趣味了。又如同一個調子的「蓬萊院閉天台女」首，「銅簧韻脆鏘寒竹」首，雖然場合不同，表現手法也微有區别，但如前首的「潛來珠瑣動，驚覺銀屏夢。臉慢笑盈盈，相看無限情」，後首的「眼色暗相鈎，秋波横欲流」等句，由於作者有深入的體會和精刻的描寫，使人覺得這一切的活動都是合情合理的，因而也能給人以比較深刻的印象。

又一種是從眷戀所歡愛的人出發，寫自己離開那人以後的内心活動，即依據這種内心活動來塑造人物形象、描繪周遭景物的。這類寫法，是作者從自己的深刻體驗中，仔細觀察中，經過形象思維的作用，把握了人們情感中最本質的東西，通過藝術形象集中地表現出來的，所寫的雖是個人的感受，内心的活動，由於題材是經過選擇和提煉的，具有一般意義的，因而也就增强了它的動人的力量，成爲抒情小詞最普遍的寫作方法。（因爲後人普遍地採用這種方法寫小詞，有的就變成一種空套——公式。但這是後來的情況，我們總不能把李煜詞也看成由公式出發。）例如《喜遷鶯》：

曉月墮，宿雲微，無語枕憑(頻)攲。夢回芳草思依依。天遠雁聲稀。啼鶯散，餘花亂，寂寞畫堂深院。片紅休掃儘從伊，留待舞人歸。

許多景物，形象和活動，總是爲了表達自己苦憶離人和急待歸來的心情。

李煜在這期的作品中，由僅僅描寫客觀的現象到着重心理的刻畫，其間雖然也有淺深之分，高下之分，雖然也標誌着作者創作活動的過程，可是，一般説來，内容充實而意味不够深厚，描寫精細而筆觸未能沉着，這和他在這時期的生活實踐是有密切關係的。

二、寫别離懷抱和其他的傷感情調的。李煜在作俘虜以前，儘管可以獲得一切的物質享受，由於家愁國難日漸深重，現實生活的本身對他有不同程度的威脅，他在文學上也累積了更深的修養，因而他表現在作品裏的感情就比較深厚，而在藝術成就上也達到了更高的境界。例如《搗練子令》：

深院静，小庭空，斷續寒砧斷續風。無奈夜長人不寐，數聲和月到簾櫳！

這詞是寫離懷别感的，自始至終没有一句不從這樣的感情出發，拆開來看，句句都是可以獨立抒發這種感情的境界。然而通首總共只有二十七個字，接觸到人物本身的只有「無奈夜長人不寐」七個字，作者把其他許多足以引動離懷别感的情景——院静、庭空、寒風陣陣，砧聲斷續，月照簾櫳都集中起來，向這不寐人侵襲，使這不寐人的離懷别感的深度和强度都突現在讀者的眼前。這樣地運用深刻的藝術構思，這樣地運用高度概括的藝術手法，應該説是李煜在小詞的創作上一種異常傑出的成就。古典作家在極短小的篇幅中能够表達出很深厚的感情，往往是在真實的生活基礎上經過匠心獨運千錘百煉的成果，是不能輕易看過的。不但有比較嚴緊的聲律的限制的小詞是如此，即小詩也是如此。如歷來人們所愛賞的被稱爲「自然高妙」的李白的小詩：「床前明月光，疑是地上霜。舉頭望明月，低頭思故鄉。」我們也應該從作者能够集中「床」、「月光」、「霜」這各種都能够引動故鄉的懷思的具體情景而看不出他的斧鑿的痕迹這方面來理解它的「自然高妙」，來學習作者「自然高妙」的手法。如果撇開作者的生活内容、藝術構思和表現手法種種不講，那麽，爲什麽在林林總總的小詩小詞中人們獨獨傳誦這類的小詩小詞就成爲不可理解的了。又如《清平樂》：

别來春半，觸目柔腸斷。砌下落梅如雪亂，拂了一身還滿。雁來音信無憑，路遥歸夢難成。離恨恰如春草，更行更遠還生。

這首詞寫懷念遠人的情緒的飽滿，藝術技巧的熟練，更容易看出來，因爲每一個意境都聯繫到人的具體活動和感受，和前者寫出許多景象而僅僅一句接觸到人物本身的有所不同。這裏值得提出來説明的是結尾用隨處生長的春草來比離恨這一點。「離恨恰如春草，更行更遠還生」，不僅如辛棄疾的「舊恨春江流不盡，新恨雲山千疊」（《念奴嬌》）一樣説出了愁恨很多，同時還如歐陽修的「離愁漸遠漸無窮，迢迢不斷如春水」（《踏莎行》）一樣説出了所以積成很多愁恨的情况；而以「野火燒不盡，春風吹又生」的春草來比象愁恨，更能够説出旋生旋滅，排除不了的意味，這是值得我們仔細體會的。（各人的具體情况不同，具體表現也就必然有所區别，我們不能因此就得出誰高誰下的結論。）

李煜這期的詞的特點，就是有深刻的具體内容，有更高的藝術技巧。上舉兩首是比較突出的例子。除此以外，如《采桑子》中的「不放雙眉時暫開」、「璚窗春斷雙蛾皺」，《謝新恩》中的「一聲羌笛，驚起醉怡容」之類，感人的力量雖然比不上前面兩首，總不是前期過着豪華生活和艷情生活時所能體會得到的境界。如《烏夜啼》中的「世事漫隨流水，算來一夢浮生。醉鄉路穩宜頻到，此外不堪行」，就不僅是感到生活的威脅，簡直是意圖逃避當時的現實生活了，這裏的「醉鄉」是有意識地作爲麻醉的場所，和前期的「同醉與閒平，詩隨羯鼓成」（《子夜歌》）的境界顯然是不同的。至於「一旦歸爲臣虜，沈腰潘鬢銷磨。最是倉皇辭廟日，教坊猶奏别離歌，垂淚對宮娥！」（《破陣子》）這種對現實生活的態度，已含有「願世世無生帝王家」的悲涼之感了。（後人指責他這時還對着宮娥垂淚。我認爲從這裏也透露出無誰告語，只有跑不掉的宮娥相對痛哭的淒慘的情狀。）這期作品中也有一些和亡國以後的作品不易分辨得清的。如《虞美人》（「風迴小院庭蕪緑」）中的「依舊竹聲新月似當年」、「滿鬢清霜殘雪思難任」，已深深地體現出哀痛的心情，有人就認爲是李煜做了俘虜後在汴京憶舊之作（沈際飛就這樣説過）。但我們看他整個作品中所刻畫的許多景象，似乎不是過囚徒生活的人所能具有的，也可能是看到國家的大勢已去的時候的寫作，這就要等到將來佔有充分的證明材料後纔能夠加以確定的。

三、寫囚徒生活和哀痛心情的。這是李煜入宋後的作品，這時期的作品，「深哀淺貌，短語長情」（陸時雍評《古詩十九首》語），無論就思想内容説，就藝術技巧説，都達到了小詞的最高的境界。不但像那「爛嚼紅茸，笑向檀郎唾」的富有情趣的描寫一去不復返，連那「不放雙眉時暫開」的和愁帶悶的描寫，「世事漫隨流水，算來一夢浮生」的强求解脱的描寫，「離恨恰如春草，更行更遠還生」的婉轉纏綿的描寫也都用不着了。他除非不寫，寫出來的都是大開大闔，從大處落墨（這不等於抽象、空洞），並不是點滴的景象、心境的體現。他也回憶到舊日的美好生活，然而所寫的是：「船上管絃江面淥，滿城飛絮輥輕塵。忙殺看花人！……千里江山寒色遠，蘆花深處泊孤舟，笛在月明樓。」（《望江梅》）「還似舊時遊上苑，車如流水馬如龍，花月正春風！」（《望江南》）是足以代表某種生活現象的。他也寫心情的難過，然而所寫的是：「多少淚，斷臉復橫頤。……腸斷更無疑！」（《望江南》）是强烈地衝激出來的情狀。他也寫夢裏的人生，然而所寫的是：「故國夢重歸，覺來雙淚垂！……往事已成空，還如一夢中。」（《子夜歌》）「夢裏不知身是客，一餉貪歡！」（《浪淘沙》）是和淚揉在一起的夢，排不去的往事的夢，值得咒詛的夢。他也寫愁恨，然而所寫的是：「自是人生長恨水長東！」（《烏夜啼》）「人生愁恨何能免？銷魂獨我情何限！」（《子夜歌》）「問君能有許多愁？恰似一江春水向東流！」（《虞美人》）不僅僅是點滴片段的愁恨，而是無比深長的愁恨，是浩渺無邊的愁恨。因此，他在這時期的作品所表現出來的是，意境大，感慨深，力量充沛，具有非常强大的感染力，不僅是淒清，而且是悲慨，不僅是沉着，而且是鬱結，成爲李煜詞的最顯著的特徵，成爲李煜詞的獨創的風格。

李煜這時期的詞還有一點值得注意的，就是它的具體内容往往通過對比的寫法來表達出當時的心情。例如《望江南》詞，就是從夢裏的繁華景象中引出怕提舊事、怕聽細樂的悲痛心情的。又如《浪淘沙令》(「簾外雨潺潺」)就是從當時的難堪的生活感受和不識趣的貪片刻歡樂的夢中情景的對比中來引出他不敢憑闌望故國的悲哀情緒的。又如《虞美人》(「春花秋葉何時了」)就是從不堪回想故國的景物情事和現在生活情況的對比中來抒發他當時的深長愁恨的。

最後,還應該指出:李煜這期作品的獨創風格的形成,他的囚徒生活是其中的主要原因之一。他以一個過慣小皇帝生活的人,一旦變成了俘虜,這從最高到最下的地位的距離真是太驚人了,這種情況不是一般詞人所能具有的。在這樣的苦樂懸殊的對比之中,即使賦性頑鈍毫無文學修養的人也會感到很難堪,也會追思過往,考慮將來,何況李煜同時還是一個多情善感、具有鋭敏的感覺、深厚的修養的文學藝術家?他胸中所盤鬱着的個人的悲痛愁恨必然是非常之多的。他把胸中盤鬱着的東西傾瀉(就形式上看是壓縮)在若干短短的小詞裏,加上他的更高的藝術技巧,忠實於藝術的創作,這就形成了他所特有的藝術風格。

李煜詞的創作過程及其各個時期的具體表現大約是如此。

四

經過上面的具體分析,我們約略可以看到李煜的生活、思想轉變的過程和他的藝術成就了。一年多來，大家對李煜詞討論得很熱烈，對李煜詞的評價有很多分歧的意見，總括來説，有下面幾個問題。現在我就針對這幾個問題來談談我個人的看法。

首先是李煜描寫男女關係的詞是不是愛情生活的表現呢？

有人認爲李煜詞中關於男女關係的描寫是愛情生活的表現。有人却提出相反的意見，認爲李煜是一個荒淫的君主，没有什麽真摯的愛情，這類詞只是他荒淫無恥的自白。這裏面就牽涉到對愛情生活的看法問題。我認爲，如果必在作品中表示出堅貞純潔、生死不渝的信念如《詩經・鄘風》中的《柏舟》〔一〕、「樂府」詩中的《上邪》〔二〕之類然後纔算具有真摯的愛情的話，那李煜詞是完全没有的。如果説，在男女的結合之先經過了一定的戀愛過程，或者成爲夫婦之後仍然有深厚的情愛，而作品表現了這裏面的一個片段，這也算是愛情生活的話，李煜這類的詞是表現了一定程度的愛情生活的。《菩薩蠻》（「花

〔一〕《詩經・鄘風・柏舟》：「汎彼柏舟，在彼中河。髧彼兩髦，實維我儀。之死矢靡它。母也天只！不諒人只！（下略）」

〔二〕漢《鐃歌》之一《上邪》：「上邪！我欲與君相知，長命無絶衰。山無陵，江水爲竭，冬雷震震，夏雨雪，天地合，乃敢與君絶！」

明月黯籠輕霧」）所寫的是一個女子赴幽會時的偷摸行動和緊張心情，同調「銅簧韻脆鏘寒竹」、「蓬萊院閉天台女」兩首，都有輕佻、色情的因素，這都是事實。但就李煜的帝王身份來說，這情況是特殊的，是不必有的。我們看南朝帝王的「宫體詩」，其中的色情淫艷之作很多，但就没有在這樣的情況之下産生出來的。這三首小詞都可能爲小周后作，我在上面已經説過了，因此，陳耀文《花草粹編》選此詞即題作《與周后妹》。小周后是昭惠后的妹妹，李煜在這些詞裏所描寫的都是男女互相愛戀的情景，即是李煜和昭惠后的妹妹互相愛戀的過程中的一些片段生活，後來李煜納昭惠后的妹妹做小周后了，而且得到專寵，直至共同入宋，李煜在九七八年（宋太平興國三年）七月被趙光義命趙廷美毒死，小周后很悲痛，同年冬天小周后也死了。從他們兩人一生的關係看來，在小詞裏雖然没有表示出堅貞純潔、生死不渝的信念，事實上，他們之間的愛情是相當深厚的。李煜小詞裏一些愛情的描寫，雖然不能就説成像戲劇上的張君瑞和崔鶯鶯、潘必正和陳妙常之類有衝破封建枷鎖的積極意義；但也不能等同於孫光憲、柳永、周邦彦等在一部分詞裏所描寫的狎妓行爲；就是和韋莊的《思帝鄉》：「春日遊，杏花吹滿頭。陌上誰家年少足風流？妾擬將身嫁與一生休！縱被無情棄，不能羞。」這種僅僅從客觀上描繪一個女子鍾愛一個男子的心願的也有區别。就一般的小詞説，如姜夔的《鷓鴣天》〔一〕是爲一個心愛而終身不能成爲夫婦的女子寫的，我們還肯定這些詞表現了他們之間的愛情，何況李煜和小周后之間有始終如一的愛，而這些詞是互相戀愛的情況的表現？我的看法，荒淫無恥和愛情生活有本質上的區别：荒淫無恥是憑自己的權位或財力亂搞一通，在自己是獵奇洩慾，在對方是被摧殘迫害；而愛情生活是建立在男女雙方互相愛悦的基礎上的。李煜這些詞裏所寫的愛情生活，《菩薩蠻》（「花明月黯籠輕霧」）寫的是女子向男子求歡的情況，《菩薩蠻》（「銅簧韻脆鏘寒竹」）、（「蓬萊院閉天台女」）兩首寫的是男女雙方愛悦的情況。很明顯，這不能看成是荒淫無恥者摧殘迫害一個女子的行爲。

恩格斯曾這樣説過：「以兩方的相互愛情高於其他一切考慮作爲結婚依據的事情，在統治階級的實踐上是從所未聞的事情。只有在浪漫事迹中，或者在不受重視的被壓迫階級中纔有這樣的事情。」（《家族、私有制和國家的起源》，見《馬克思恩格斯文選》第

〔一〕　姜夔二十多歲在合肥眷戀一個彈琵琶的女子，到四十多歲還一往情深，寫了許多詞，其《鷓鴣天·元夕有所夢》云：「肥水東流無盡期，當初不合種相思。夢中未比丹青見，暗裏忽驚山鳥啼！　春未緑，鬢先絲，人間别久不成悲。誰教歲歲紅蓮夜，兩處沈吟各自知！」

二卷二三五頁）李煜《菩薩蠻》三首所描寫的相愛的過程正是一種「浪漫事迹」，因而裏面纔可能産生出愛情的因素。（説有可能産生，當然不能把統治階級中人的偷情行爲都看成有愛情的因素。）他們這樣下去，到後來就成爲夫婦。李煜立小周后爲國后時，羣臣自韓熙載以下還作詩諷刺他〔一〕，可見李煜和小周后以這種做法作爲結婚依據，統治階級内部是不同意的。這是一種特殊的情況。如果以一般的封建帝王的荒淫的生活方式，或者以李煜的其他的荒淫生活的事實來判定這三首小詞没有什麽愛情的表露，就可能脱離了作品的實際。

李煜這些詞裏所表現的愛情固然不能等同於一般封建帝王的荒淫生活的表現，但也不能等同於人民的真正的愛情生活的表現。小周后的天姿國色〔二〕和李煜的風儀雋美〔三〕以及他們的優越的階級地位，應該是他們産生偷情行爲的主要原因。而人民的真正的愛情生活就不是以容貌、權位作爲主要的條件（僅僅説不是主要的條件，不是完全

〔一〕馬書《女憲傳・繼室周后》。
〔二〕馬書《周宗傳》：「宗娶繼室，生二女，皆國色。」
〔三〕《湘山野録》：「江南李後主煜，性寬恕，威令不素著，神骨秀異，駢齒，一目爲重瞳。」

不注意容貌。即以容貌説，人民的審美觀點也和統治階級中人有所不同），應該是建築在互助合作的基礎上的。偷情行爲只有在衝破封建枷鎖的情況下纔有意義，究竟不是人民愛情生活的正常的表現。如果因爲人們欣賞他們的「浪漫事迹」，即認爲它等同於人民真正的愛情生活，具有突破了統治階級的人民性，那是不妥當的。

儘管李煜這些詞是他和小周后的戀愛過程中一些片段的描寫，然而人們欣賞這些詞，却不在於他們裏面有愛情的具體内容（這内容最多也不過使人在認識上有某些作用），而是在於李煜的大胆真實的描寫和描寫藝術的比較高度的成就。如果因爲否定了這些詞是荒淫無恥的表現，即肯定它們所以獲得人們的愛好是由於裏面寫出了具有足以吸引人的真摯的愛情生活内容即一個小皇帝和一個大臣的女兒私通的生活内容，那也是不符合事實的。

其次，李煜抒寫愁、恨的詞爲什麽會取得人們的愛好呢？

李煜詞中表現愁、恨的思想感情的在三分之二以上。他入宋後的全部作品都是這種表現固不必説，他做小皇帝時也還不少是這類的作品。可以説，這是他的詞取得人們的愛好的主要的因素。爲什麽寫愁、恨的東西會取得人們的愛好呢？第一，因爲他這類的作品都是真情實感的流露，没有歪曲生活或者粉飾生活，因而他這類作品的具體内容首先就給人以合情合理的感覺，覺得在這樣的情境之下必然會産生這樣的思想感情，這就具有一定程度的典型意義和體現出人所共有的特徵，能够感動不同時代的各個不同社會集團的人們。比方説，離開親愛的人的愁思，失却歡樂生活的悲歎，由帝王變成囚徒的哀痛，這都是生活的真實。讀這些詞的人，有這種生活的固然會激起同情心，没有這種生活的也會撇開它們的具體事件來接受它們的真情實感。李煜詞中如《清平樂》（「別來春半」）的寫別愁，《擣練子令》（「深院静」）的寫離懷，《虞美人》（「春花秋葉何時了」）和《浪淘沙令》（「簾外雨潺潺」）兩首的寫亡國後做囚徒的悲痛，都是十分真實的心情的抒發，因而具有很大的感染力。第二，因爲他這類的作品中有些還藴藏着對不合理生活的抗憤的情緒，對美好生活的殷切的眷戀，表明了這是在横遭壓抑的情勢之下所産生出來的愁苦。這種愁苦的産生，在歷史時代裏是完全合乎生活實際和客觀規律的。寫的雖然是個人的特殊的情況，在精神實質上也反映出一般現實生活的規律性，因而就具有説服人的力量。例如《浪淘沙》（「往事只堪哀」）寫勃鬱不平的心境和美好生活的回憶，《望江梅》（「閑夢遠」）寫對南國美麗景物的依戀，《烏夜啼》（「林花謝了春紅」）寫對剥奪美好生活者的深長怨恨，都是以自己的無可奈何的感受向人們提出了真誠的訴説，而這樣的訴説，是會使人們忘却了他的身份地位而同情他的不幸的遭遇的。第三，因爲他這類作品所表現的愁、恨，在對抗性的社會裏一向是容易打動人心的，「歡愉之辭難工，而窮苦之言易好」（韓愈《荆潭唱和詩序》句），這種符合實際的傳統的觀念也就支持了它們成爲一種優良傳統。就李煜的階級地位説，誰也明白他是南唐的最高統治者，在他的作品中如《浣溪沙》（「紅日已高三丈透」）、《玉樓春》（「晚妝初了明肌雪」）、《破陣子》（「四十年來家國」）等，也明顯地刻誌着他這種階級地位。可是，由於他在作品中所表現的愁、恨，正是人們在現實社會中最易感受到的愁、恨，最易引爲同調的愁、恨，人們讀他這類作品時就會以贊歎其他作品中所表現的愁、恨一樣的眼光來對待他們。這種長期遺留下來的傳統觀念，不是短期内可以完全改變的，我們研究祖國的文學遺産，值得稱贊的，也委實是表現這種情緒的作品居多。古典作家的傑出成就和過去評論古典作家的標尺，也傾向於這方面。歌頌昇平的「臺閣體」、「試帖詩」之類，一向就没有什麽藝術的生命力而爲人們所唾棄。趙翼曾説：「國家不幸詩家幸，賦到滄桑句便工。」這可以代表一種對古典詩詞的傳統看法。這麽一來，李煜這類作品之所以能够取得人們的愛好，就成爲完全可以理解的了。當然，我們可以預料得到，李煜詞中這樣的思想内容，在若干年代後可能只剩下歷史上的價值，是會逐漸被人厭惡乃至遺忘的，但在相當長的時期内，則仍具有一定程度的思想力量。

復次，李煜入宋後的作品是不是具有人民性和愛國主義思想呢？

這是一年多來大家争論得最爲熱烈的問題。但我這次校注了李煜詞，却沒有發現到其中有一首詞可以從這些方面去理解它的。我以前也曾認爲李煜的《虞美人》（「春花秋葉何時了」）是具有和南唐人民的思想感情共通之點並且具有愛國主義精神的作品，現在看來，這樣評價李煜這首詞，是不符合實際的。儘管李煜這首詞可以引起某些暫時失却故國的人的同情，從而激起愛國的情緒，也還是和上面説過的一樣，是因爲他十分真實地抒寫了一個亡國俘虜的悲痛和對故國情事的憧憬，會使人感到在這樣的情境中必然會産生出這樣的思想感情，因而具有一定程度的典型意義和體現出人所共有的特徵，在李煜這首詞的本身是沒有接觸到人民，也沒有什麽愛國主義思想的表現的。不但李煜這首詞不應該從人民性和愛國主義思想去評價它，就是李煜的其他的詞也沒有必要從這些方面去評價它們。李煜詞具有人們共有的特徵，具有能够引起人們同情的東西是無可否認的，否則就不可能贏得人們的愛好；李煜做過十四年多的小皇帝，又做過二年多的亡國俘虜，當做亡國俘虜時追懷故國的情事，自然也會産生出愛念故國、痛恨亡國的思想感情：而這一切都會在作品中流露出來。但他的作品中具有這一切的因素，並不能就判定它們是具有人民性或愛國主義思想的作品。

無論從任何角度看，人民性或愛國主義思想對於理解李煜詞本身都没有必然性的聯繫（這是就一般對人民性和愛國主義的理解説，其實人民性和愛國主義的意義，直至今天也還有不同的看法）。人民性或愛國主義思想既然和李煜詞本身没有必然的聯繫，討論下去，就只能得出這樣的結論：李煜詞没有什麽人民性内容，但也不能説是反人民的；没有什麽愛國主義的内容，但也不能説是反愛國主義的。因爲這樣的討論，根本就是從概念、定義出發而不是從李煜詞的本身出發，對評價李煜詞没有什麽多大的關係。

五

李煜詞的藝術價值很高，這一點是大家承認的，我們在上面分析具體作品時也着重指出這一點。以下我想比較概括地來談談李煜詞的藝術特徵。

李煜詞的藝術特徵，有部分是受他的父親李璟的影響的，上面已經提到。李璟詞的獨創風格如少修飾、多感慨等都作李煜詞的先導，都或多或少對李煜詞有影響。比李煜年紀較大的馮延巳（馮延巳九〇三年生，比李煜大三十四歲）是當時一個作詞的名手，又常出入宫廷，他的詞雖然色彩較濃，假借較多，還不脱「花間」的面貌，但具有較豐富的感情，其中還有寄託自己的懷抱和對時事的感觸的〔一〕，這就把詞的作用擴大了，不是「花間」一般詞人所可及〔二〕。這種作風，對李煜也可能有啓發作用。李煜的大胆、真率、明朗、自然的寫作，多少還帶有民歌的情趣，又作品的主人公的主動性很强，也是民歌的一種特色，可見李煜除了對歷來的文人作品具有深厚的修養外，還向民間文學吸取了不少的養料。此外，他同時兼長音樂、書、畫等，對他作品中的聲音美和形象美，當然也起着相當大的作用。他和通書史、善音律的周后結婚，和有文學修養的兄弟和詞臣等經常酬唱，也應該對他的文學藝術的成就有或多或少的關係。

李煜詞的藝術特徵，具體表現在下列幾方面：

一、自然真率，直寫觀感。李煜所有的詞都是由自己的親切感受出發，大膽抒寫，

〔一〕馮延巳《蝶戀花》詞，張惠言《詞選》説其中三首：「忠愛纏綿，宛然騷、辨之義。」（陳廷焯《白雨齋詞話》同意張氏的評語。）劉熙載《藝概》説：「韋端己諸家詞，留連光景，惆悵自憐，蓋亦易飄颺於風雨者。」馮煦《陽春集序》更説他「若《三臺令》、《歸國謠》、《蝶戀花》諸作，其旨隱，其詞微，類勞人、思婦、羈臣、屏子鬱伊愴怳之所爲。……周師南侵，國勢岌岌。……翁（指延巳）負其才略，不能有所匡救，危苦煩亂之中鬱不自達者，一於詞發之，其憂生念亂，意内而言外，迹之唐、五季之交，韓致堯之於詩，翁之於詞，其義一也。」這些説法，對馮延巳詞的思想内容的評價雖未免太高，但馮延巳詞中有抒寫自己懷抱和對時事的感觸的因素是應該肯定的。

〔二〕王國維《人間詞話》：「馮正中詞雖不失五代風格，而堂廡特大。」這説法是對的。

絶無拘束，使詞中的情事、景象等都躍現在讀者的眼前，具有强烈的感染力。這境地，不僅是一般文人的小詞達不到，一般的文人詩也不易達到的，多少帶有民間文學的風貌，因而使人感到有一種特别新鮮的味道。這在李煜詞的創作方法上是最突出和最成功的地方，是值得我們特别重視的。

過去的人在評價李煜詞中接觸到他的藝術特徵的有幾種説法：周濟的《介存齋論詞雜著》説：「李後主詞如生馬駒，不受控捉。」又説：「毛嬙、西施，天下美婦人也，嚴妝佳，淡妝亦佳，粗服亂頭，不掩國色。飛卿，嚴妝也；端己，淡妝也；後主則粗服亂頭矣。」況周頤的《蕙風詞話》説：「五代詞人……其錚錚佼佼者，如李重光之性靈，韋端己之風度，馮正中之堂廡，豈操觚之士能方其萬一？」王國維的《人間詞話》説：「詞至李後主而眼界始大，感慨遂深，遂變伶工之詞爲士大夫之詞。」又説：「詞人者不失其赤子之心者也。故生於深宫之中，長於婦人之手，是後主爲人君短處，亦即爲詞人所長處。」又説：「閲世愈淺則性情愈真，李後主是也。」吴梅的《詞學通論》説：「二主詞，中主能哀而不傷，後主則近於傷矣，然其用賦體不用比興，後人亦無能學者也。」這幾種説法，各人所看的角度雖然不同，李煜爲什麽有這樣的藝術成就，或没有説出，或説得不對，可是，對李煜的藝術特徵却都有接觸到，或者從他的整個風格看（如周濟），或者從他的真情實感看(如況周頤、王國維),或者從他的表現手法看(如吴梅),我們如果總合起來看,李煜詞的藝術特徵還是很顯著的,那就是,他能够大胆地、真切地、毫無掩飾地用直抒胸臆的表現手法寫出具有强烈的感染力的作品。(吴梅在所引《虞美人》下解釋「賦體」是「直抒胸臆」。)現在且舉個例子看:

四十年來家國,三千里地山河;鳳閣龍樓連霄漢,玉樹瓊枝作烟蘿。幾曾識干戈? 一旦歸爲臣虜,沈腰潘鬢銷磨。最是倉皇辭廟日,教坊猶奏别離歌,垂淚對宫娥!(《破陣子》)

這是他臨要亡國時的寫作,寫自己一輩子在南唐宫廷裏不懂得戰爭是怎麽一回事,一旦做了俘虜,必然是身體瘦削,鬢髮斑白;而尤其難過的是慌慌張張,辭别太廟的時候,教坊女樂還奏起别離的歌曲,面對着宫娥流淚的情事。這是多麽真實、坦率、具體、明朗的自白!就是没有什麽文學修養的人,讀了之後也可以有相當深刻的印象的。我們再看《花間集》裏這一首詞:

金鎖重門荒苑静，綺窗愁對秋空。翠華一去寂無踪。玉樓歌吹，聲斷已隨風。烟月不知人事改，夜闌還照深宫。藕花相向野塘中，暗傷亡國，清露泣香紅！

（鹿虔扆《臨江仙》）

這是寫亡國哀痛的。作者的地位和寫作的對象當然和上舉的不盡相同，我們要比照説明的是前後兩首詞的風格完全相反。李煜的詞很具體、很坦白，整個景象、情事都清清楚楚地在作品裏躍現出來。而鹿虔扆的詞却總是若即若離，吞吞吐吐，使人讀後不易了解其中的具體情況究竟怎樣，只感到是一種亡國哀痛的表白。鹿虔扆是後蜀的臣子，這小詞哀痛後蜀得，哀痛其他任何國家都得。這就使人從鹿詞所得到的印象，和從李詞所得到的印象截然不同。當然，我們不能要求在一首抒情小詞裏記載許多歷史的事實，我們也不能以詞裏描述具體事狀的多少來判定他們的藝術價值的高下，鹿虔扆這首詞在有文學修養的人讀起來，在給人以亡國哀痛的總的印象之外，還加上一些襯托的境界和周遭的景物，形成更加濃厚的值得哀痛的氣氛，也是一篇很成功的作品。不過正如上面所説的，鹿詞的好處不是一般人所能理解的，而李詞即使没有什麽文學修養的人讀了也可以得到相當深刻的印象。這就説明了李煜詞所以能够獲得許多人的愛好，他這種獨創的風格是起着很大的作用的。

二、突出事象的特點，强調人物的活動。抓住事物的特質，加强作品主人公的主動性和活動力，使作品中的現象都成爲有意識的活動，給人以新鮮的而又具有强力的感覺，這也是李煜詞的藝術特徵之一。這種特徵的獲得，和李煜對某些生活的親切感受與深刻認識是分不開的。舉例來說，如：

曉妝初過，沉檀輕注些兒箇，向人微露丁香顆。一曲清歌，暫引櫻桃破。
羅袖裛殘殷色可，杯深旋被香醪涴。綉床斜憑嬌無那；爛嚼紅茸，笑向檀郎唾。

（《一斛珠》）

這一首詞自開頭至煞尾没有一句離開了作品主人公的活動——早上梳妝好了，注了些沉檀，向人微微地露出舌尖，張開小口唱了歌；唱完了歌喝喝酒，酒沾了羅袖污了口，酒喝多了就嬌困地靠在綉床上，嚼嚼紅絨，笑向心愛的人吐了去。把作品主人公的形貌、情態、聲音、笑容乃至撒嬌、唾絨的細微末節都活靈活現地在讀者跟前搬演着。這樣的精刻細緻而又具有戲劇情趣的描寫，正是作者深入地體會了這種生活，發現到所描寫的對象的個性特徵，把作品的重心集中在這種個性特徵上，極其明朗地把主人公的一切活動描繪出來的一種高度的藝術手法的表現。「花間」詞人也有寫類似這樣的題材的，例如毛熙震的《後庭花》：

輕盈舞妓含芳艷，競粧新臉。步摇珠翠修蛾斂，膩鬢雲染。歌聲慢發開檀點，綉衫斜掩。時將纖手匀紅臉，笑拈金靨。

寫的方面也不少，也相當細膩。然而讀起來總覺得是一般歌妓的情況，顯不出作品中人物性格的特徵。問題就在於作者不是抓住作品主人公的（或者是在這個場合的）特有之點，僅從一般出發，觀察力不够集中，不能加强作品主人公的主動性，因而就削弱了作品的感染力。比方：上段所寫的「輕盈」、「芳艷」、「新臉」、「步摇珠翠」、「修蛾」、「膩鬢雲染」等都是可以套用在一般的漂亮女人的身上的，不僅可以套用在一般的歌女身上；下段寫得比較生動具體，可是像「綉衫斜掩」、「纖手匀紅臉」這類的情況，仍是一般歌女的動作，不算那個場合中特有的動作。自然，毛熙震這裏所描寫的舞妓生活和李煜所寫的對象是不同的，但李煜也有寫集體歌舞的小詞，如《玉樓春》（「晚妝初了明肌雪」），我們仍然可以看出那個場合中的特有之點。像毛熙震這樣的小詞，在《花間集》裏還算是較好的，和李煜詞比較起來仍然不無高下之分，這就可以看出李煜詞的另一種獨創風格和藝術成就。

李煜在創作上突出事物的特點和作品主人公的主動性，也表現在寫一般的情況上。例如，寫愁眉不展，他用的句子是「不放雙眉時暫開」（《采桑子》）。寫落紅滿地，他寫的句子是「片紅休掃儘從伊」（《喜遷鶯》）。寫女人向男子求歡，他用的句子是「今宵好向郎邊去」（《菩薩蠻》）。把一般的情景寫成有意識的活動（從另一方面説，把有意識的活動從一般的情景中表現出來），就加深了句子裏所含蘊的意味，加强了作品裏的人物活躍的氣氛，從而也增加了作品感染人的强力。這些地方，雖然是極微小的表現，但它是整個表現手法中的一個環節，也是值得我們注意的。

三、藝術概括性高。把一般體現在個别之中，通過個别表現一般，使讀者從個别的表現中看到一般的意義，這也是李煜詞的藝術特徵之一。這種表現手法和上面説的寫特有的東西，看似相反而實是相成的。不從個别出發來表現事物，則所表現的事物不可能深刻、突出，不可能給讀者以較深的印象；同樣，所表現的事物不能體現出一般的意義，則没有某一類人共有的特徵，也不可能具有感染人的力量。因爲人的生活不是孤立絶緣的，一種性格的形成，一種動作或心理的表現，都不可能和生活實際不相聯繫，而生活實際是複雜的，多方面的，只要真正深入生活，忠實地反映生活，就可以通過個別的形象、性格種種概括出某一類人的共有的特徵。李煜在這方面的創作是很成功的。例如上面舉出的《破陣子》和《一斛珠》，寫的都是特殊的情事，由於前一首鮮明、深刻地體現出一個風流小皇帝臨要亡國時的倉皇失措、無誰告語的可憐相，後一首精細生動地刻畫出一個歌姬的輕巧玲瓏的活動和邀寵取憐的情態，這就會使讀者恍如置身其中，親切地感到這一類人物的真正面貌是如此，精神實質是如此，通過這些情景的描寫很自然地會聯想到那一般亡國的風流小皇帝如蕭寶卷、陳叔寶之類的下場以及一般的宫廷歌姬的實際生活，而不是把作品中所描繪出來的景物情事當成個别的現象看待。我們再舉一個例子看，如：

> 林花謝了春紅，太匆匆！無奈朝來寒雨晚來風。　臙脂淚，留人醉，幾時重？自是人生長恨水長東！（《烏夜啼》）

作品的具體内容也還是個人的感觸，一時的現象，然而它的概括力更强，概括面更廣了，使讀者所感受到的是一切美好的東西橫遭暴力的摧毁，不只「林花」的命運是如此，其他同「林花」一樣命運的都是如此。這樣的描寫，就成爲優秀的典型形象，具有人所共有的特徵，具有足以感動不同時代的各個不同社會集團的一切人的力量了。有人孤立地截取「自是人生長恨水長東」一句説這是頹廢色彩、悲觀主義的表現，這種説法，我是不同意的。只要美好的東西橫遭摧毁的不幸情事或者是意外的不幸情事還存在一天，「恨」就存在一天。作品裏表現的分明是在某種情況之下所産生的某種心情，没有那種情況當然就引不起那種心情。難道到了共産主義社會，就一點意外情事都不會産生麽？就連失却慈母、愛子時的悲哀心情都不存在麽？李煜詞有悲觀、頹廢的色彩，這是可以肯定的，也是應該批判的（因爲這是大家所公認的，並没有争論，所以上面没有作爲一個問題提出來批判）。但最好是，從他做小皇帝時候的作品，只表現了一些宫廷享樂遊宴和個人與個人之間的愁悶甚至意圖逃避現實（如《一斛珠》、《玉樓春》及《子夜歌》「尋春須是先春早」、《烏夜啼》「昨夜風兼雨」等句）這種總的傾向毫無積極振作的意義來加以説明。他做俘虜後的作品的表現悲哀怨恨，是合乎生活邏輯的，即使是「人生長恨水長東」這種極具强度的表現，也很難作爲他的悲觀、頹廢的依據。因此在歷史上，人們只是嗤笑「此間樂，不思蜀」的劉禪〔一〕，對李煜這一時期作品的表現，是不會給以過分的責備和過高的要求的。

和上面這種表現相類似，李煜的藝術概括性很高的另一種表現，是剌取某部分最突出的生活情景來反映出某種生活的全貌（這和突出事象的特點是有區別的）。例如：

閑夢遠，南國正芳春：船上管絃江面淥，滿城飛絮輥輕塵。忙殺看花人！

閑夢遠，南國正清秋：千里江山寒色遠，蘆花深處泊孤舟。笛在月明樓。（《望江梅》）

把整個南國最美妙動人值得留戀的具體情景，從芳春、清秋兩個季節中的一些最突出的景物情事中勾畫出來，使了解南國生活的讀者感到這些情景確實足以代表南國最美好的風光，未到過南國的讀者也不能不受到這些情景的感動而向往於南國的美好生活。

〔一〕《三國志・蜀志後主傳》注引《漢晉春秋》：「司馬文王（昭）與禪宴，爲之作故蜀技，旁人皆爲之感愴，而禪喜笑自若。……他日，王問禪曰：『頗思蜀否？』禪曰：『此間樂，不思蜀。』」

這類的寫法，有人僅僅理解爲選擇題材的問題。其實從藝術構思説，實是作者經過深刻的體驗、仔細的思考之後，加以概括集中的成果。我國過去有成就的詩人或詞人在創作活動過程中都要經過這個階段的，即是從許多美好的情景中提煉出自己印象最深同時又最能引人入勝的東西來表現那全部的美好生活（反之，表現醜惡生活的也一樣用這種手法）。這種提煉，首先就要具有高度的概括力，比之個别字句的精煉更難能也更重要，特别是在寫小詩、小詞方面。如果不首先注意這點而專用力於精煉字句（字句當然也要精煉），就可能成爲形式上的追求者，是不能取得傑出的成就的。我們雖然不能認爲這是李煜的獨得之秘，但李煜詞這種表現是他藝術概括性很高的一種表現，還是應該指出的。

李煜的藝術概括性很高的又一種表現，是以簡單的句子概括了豐富的内容。如前面説過的《擣練子令》（「深院静」），全首僅僅二十七個字就包藴着許多引動别離懷感的情景。又如《浣溪沙》（「紅日已高三丈透」），描寫的對象只是一時一地的情況，由於作者一開首就從太陽升得高高説起，末了又從「别殿遥聞簫鼓奏」收束，就拉長了這種縱情逸樂的時間和擴大了它的空間，給讀者的印象是連宵達旦、到處一樣的宫廷生活的情況。這都是李煜詞具有高度集中的藝術概括力的表現。

四、形象性很强。李煜詞的又一個特徵，就是他善於塑造真實生動的形象。這是一般的成功的作品所具有的，也是讀李煜詞的人首先就會感覺到的。一般形象的塑造不説它，值得提出的是他寫人物的心理活動，寫人生的觀感，寫自己的哀愁等抽象的東西，幾乎無不通過具體形象顯示出來，這就使得他的作品具有更濃厚的藝術趣味和更加感動人的藝術魅力。例如《菩薩蠻》（「花明月黯籠輕霧」）寫的是偷情的行爲和心理的活動，是在一個十分幽深寂静的環境中進行着輕微細緻的工作，然而由於作品的形象性很强，使整個場面充滿了生動活躍的氣氛。又如《喜遷鶯》（「曉月墮」）寫的是思念離人、急盼歸來的一種無奈和焦迫的心情，也是在一個深静的環境裏産生的，然而由於作品的形象性很强，就形成了一個多彩多姿、有聲有色的境界。

李煜詞最爲人所傳誦的是他入宋後寫愁恨之作。而在這些作品中感染力最爲强烈的仍然是在於形象的真實和生動。如果没有「流水落花春去也，天上人間」，則當時一往情深的心境無由映現出來；如果没有「恰似一江春水向東流」，則當時自己浩渺無邊的愁懷也無從窺見。正因爲作品的感染力的强弱，繫於形象性的强弱，因此，有些地方，不必説出愁恨的心情，只寫出一些具有愁恨心情的人的動作，讀者就能够通過這種形象看出他當時的愁恨心情。如「憑闌半日獨無言，依舊竹聲新月似當年」（《虞美人》）、「燭殘漏滴頻欹枕，起坐不能平」（《烏夜啼》）之類。更有些地方，即使不必寫人的動作，單寫一些景物的形象，也可以使人清楚地看出人的境況和心情的。如《謝新恩》中的「紛英含蕊自低昂」，僅寫出「自低昂」這一形象，就透露出無心欣賞、無誰共賞的情況；《采桑子》中的「百尺蝦鬚在玉鉤」，僅寫出「在玉鉤」這一形象，就透露出孤居獨處，無誰憐惜的情況。上面説過，李煜是强調作品中的主人公的主動性的，在這裏還必須補充一點：如果僅僅是强調人物的活動而没有塑造出真實生動的形象，那也不可能深刻地反映生活，不可能强力地感動讀者。

五、藝術語言的創造和生動口語的運用。這是李煜詞取得藝術成就的一個主要的因素。具體表現在下列兩方面：

（一）單純明浄。李煜詞有相當複雜的生活内容，有各種各樣的表現方式，然而他所運用的語言，却是單純、明浄的。單純明浄不等於簡單膚淺，是一種鍛煉加工的結果，是一種藝術語言的創造，這種語言的使用，不僅有其健康語言的基礎，和作者一系列的表現手法都有關係的，是作者的獨有風格的一種最明朗的標誌。比如，上面提到《一斛珠》的（「曉妝初過」）、《浣溪沙》（「紅日已高三丈透」）、《菩薩蠻》（「花明月黯籠輕霧」）等首，寫的都是宮廷裏的豪華生活和艶情生活，一般説來，是免不了要用金碧輝煌的裝飾和香粉胭脂的塗抹的；照一些書籍的記載看，李煜在當時的宮廷裏也實在是過着豪奢逸樂的生活，到處都是華美艷麗的場面。可是，李煜在這些作品裏却摒棄了許多裝飾、塗抹的用法，用的都是單純明淨的句子，有時還吸取一些生動的口語如「酒惡」之類。這就説明了李煜創造藝術語言的天才是傑出的，他對怎樣纔是美妙動人的藝術語言的理解，在當時來説，也高人一等。就當時一般的創作風格看，「花間」詞人的「鏤玉雕瓊」、「裁花剪葉」〔一〕是一時的風尚，《花間集》裏所收録的作品，除韋莊外大都是這種的作風。温庭筠最講究雕飾，而在當時的評價也最高〔二〕。温庭筠的詞，雖然很精工，但一般都是鏤金錯采，最難理解的。他許多堆金疊玉、炫耀眼目的例子不舉，現在舉一首《菩薩蠻》來看：

水精簾裏頗黎枕，暖香惹夢鴛鴦錦。江上柳如烟，雁飛殘月天。　藕絲秋色

〔一〕見歐陽炯《花間集》序。

〔二〕歐陽炯《花間集》序説：「在明皇朝，則有李太白之應制《清平樂》四首，近代温飛卿復有《金荃集》，邇來作者，無愧前人。」在李白之後獨提温庭筠，温氏的地位之高可見。

淺，人勝參差剪；雙鬢隔香紅，玉釵頭上風。

這在温詞中是一首相當美妙的作品。照我的看法，大概是寫他曾經在一個美麗香軟的地方歇宿過，這地方是在江邊，第二天破曉的時候，那女子打扮得很齊整——穿上漂亮的衣服，簪上玉釵，還戴上「花勝」，划着小艇，穿過花港，摇摇蕩蕩地送他到岸上。頭兩句是説那個地方有很好的設備，有水晶簾、玻璃枕，還有又香又暖足以惹起好夢的鴛鴦被，但他在哪裏歇宿就没有交代清楚；第三、四句是説在一個足以引動離愁的風景淒清的早上，但有什麽人在那兒做什麽事又没有交代清楚（這兩句是情景交融的寫法，是篇中最警策、最動人的句子。楊柳、殘月、飛雁都是和離愁有關的景物，韋莊《荷葉杯》的「惆悵曉鶯殘月，相别」，柳永的「楊柳岸曉風殘月」，都可證明。即李煜的《喜遷鶯》也是通過「曉月」、「雁聲」等景物來抒寫别情的。有人不聯繫離别的情況看，只理解爲表現淒清之感。我認爲這樣的理解是比較空洞的）；第五、六句是説有某種色澤和某種裝飾，但指的是何等樣的人也没有交代清楚；最後兩句是説雙鬢隔開了又香又紅的東西和玉釵在頭上顫動，但究竟是什麽人在什麽地方有什麽活動更没有交代清楚（有人從張惠言的説法推演下去，認爲上句是雙鬢插花把香紅隔開了，象徵離别，下句是風吹透玉釵，象徵情意貫通，因而肯定這詞和「小山重叠」首同樣是一個女子自傷身世孤零的表現。我不同意這種看法。「小山」首因花面交映而感到容顔易衰謝，因雙雙鷓鴣而感到空房難獨守，那是很明朗的，而且是合情合理的寫法。這首呢，姑無論明指隔香紅而言雙鬢自相隔，明指動玉釵而言兩邊情意通，是很牽强的解釋，即使在字句上可以這樣解釋，把隔離現象和相思情意縮小到這樣的程度，還表達什麽深長的情思？我認爲這樣的看法是不符合實際的，雖然我的見解也未必就是正確）。通首只擺擺景物和現象，人物活動的情況一點也没有表露出來。這麽一來，作品就成爲景物現象的羅列和堆砌，即使創造了很美妙的藝術語言，也失却它應有的作用了。這麽一來，就使得歷來讀這詞的人都莫名其妙，亂猜一頓了。自張惠言的《詞選》以下直至現在，接觸到這詞的人都把它當成夢境來理解。如果把夢境理解爲一種回憶，那還可以講得通，而其實理解它是寫夢境的人都是從第二句的「夢」字出發的。（沈雄的《古今詞話》曾説過「暖香、惹夢是枕名」的話，當然不會看成這詞是寫夢境的，但上句説「頗黎枕」，這句又指枕名，也不確。）這就未免把這詞神秘化了。當然，這責任要由温庭筠自己負。

從這裏，我們可以看出當時的「花間」代表人物温庭筠的創作風格和李煜是不相同的。（這是就總的方面説，温詞也有比較淺白明朗的。）

李煜入宋以後的作品，由於生活作風、思想感情的轉變，表現手法也更加熟練，對於藝術語言的創造達到了更高的境地。如《子夜歌》(「人生愁恨何能免」)、《望江南》(「多少淚」)、《望江梅》(「閑夢遠」)、《虞美人》(「春花秋葉何時了」)、《浪淘沙令》(「簾外雨潺潺」)等首，包藴着的内容有許多不容易明白説出的，但讀起來竟像脱口而出，隨筆寫成，看不出一點鍛煉的痕迹而自然達到單純明淨的境地。這類的藝術語言的創造，是值得我們注意的。

(二) 精煉準確。李煜詞在語言方面所以能够達到單純明淨的境地，是和他用字造句的精煉準確分不開的。詞人用字造句，一般説來，都是經過精煉的工夫的，特別是寫小詞，篇幅很短，更需要精煉。可是，如果精煉不結合準確，不從準確出發，精煉就會成爲藝術技巧的玩弄，爲精煉而精煉，專講形式美，和内容不發生聯繫。有些小詞，讀起來死氣沉沉，毫無感人的力量，其毛病就在於脱離準確而專講字句的精煉。就另一方面看，最準確的寫法就是最自然的寫法。(自然不等於樸素。)如果有一些矯揉造作的痕迹就是不能恰如其分地寫，不能達到自然的境地，也即是寫來不準確。準確的標尺是作品的生活内容，即描寫的對象和情意。離開了生活内容就没有什麽叫準確。同樣，精煉的目的也應該是爲要更準確地表現生活内容的。我們如果孤立地看精煉，温庭筠的詞是很精煉的，像上面所舉的《菩薩蠻》，有許多美麗的句子。然而整篇看來，却令許多讀者看不出其中的生活内容是什麽，那精煉就失却了準確性，失却了它在作品中應有的作用。我們看看李煜的《長相思》：

雲一緺，玉一梭，澹澹衫兒薄薄羅，輕顰雙黛螺。　秋風多，雨相和，簾外芭蕉三兩窠。夜長人奈何！

上半也寫一個女子的裝束和情態。但給予讀者的印象，不僅是一個女子的這種裝束和情態而已，同時還可以看出她的苗條的身材、富於感情的内心以及她的整個標格和豐韻，覺得這是一個值得愛慕的女子。這原因，就和作者運用精煉準確的字句有關。如裏面用了兩個「一」字、一個「兒」字、一個「輕」字、兩組重叠字「澹澹」和「薄薄」，都能够使得這個人物形象更加有「亭亭玉立」的風致，整個標格和豐韻都從中透露出來。也許有人認爲這首詞不一定是李煜寫的，材料本身有問題。我們再看上面已經舉出的《一斛珠》（「曉妝初過」）一首吧。這首詞寫的是一個小巧玲瓏、邀寵逞嬌的歌女。李煜就抓住了要表現這類人物現象的特徵，用「輕注些兒箇」、「微露」、「暫引」、「斜憑」、「笑……唾」等，沒有用一個表現粗重的動作或者濃艷的色澤的字眼，使人看到、聽到、感受到的和他所要表現的人物形象，都十分和諧，完全一致，這就是李煜創造了精煉準確的字句的功效。

以上略談李煜詞在藝術上的成就。

李煜詞的思想內容，儘管沒有什麼反動的質素，有些地方還能够引起人們的同情，但總不能説成具有什麼積極的因素或進步的意義，我們是不能給予過高的評價的。李煜詞所以能够感動人，獲得人們的愛好，並且對後來的詞人有相當大的影響，主要是在它們的藝術力量，因而我們對他的藝術成就應給予適當的評價。如果只看到他是騎在人民頭上的小皇帝，而忘記他同時是一個具有多方面才能的文學藝術家，是一個傑出的詞人；只看到他沒有和人民站在一起或對人民有利的思想感情以及他沒有什麼像我們所要求的愛國主義思想，而忘記他是一個具有極大的局限性的封建割據時代的小皇帝：於是就對它們的思想內容完全加以否定，把他寫偷情行爲的作品比做西門慶和潘金蓮的醜態，把他後期表現悲哀怨恨的作品也看成會引導人們走向悲觀、頹廢的道路，那是不符合事實的。但是，如果因爲李煜詞的藝術性很高，就忽視了它們的具體內容——描寫對象和作者的思想感情的局限性，把它們抬高到和屈原、杜甫等人的作品有同等的地位，那也是不應該的。我們研究李煜詞，應該把李煜的思想内容和藝術成就切實地確定在詞這方面，詞外的有關李煜的東西，只能作爲理解他的詞的引綫或幫助，而不應該硬把他的詞裏所没有的東西來評價他的詞。我們對他的詞也應該着重在藝術方面的分析和説明，因爲這纔是值得我們今天接受的寶貴遺産。總之，我們可以這樣肯定地説：李煜詞有高度的藝術成就，李煜是我國歷史上最傑出的詞人之一。

六

李璟、李煜詞合刊本，現在所知道的是南宋末陳振孫的《直齋書録解題》裏所載的《南唐二主詞》，共一卷。在此以前，尤袤的《遂初堂書目》中的「樂曲類」載有《李後主詞》，但没有李璟詞的專集，《李後主詞》下面也没有標出附李璟詞。流傳下來最早的刻本是明萬曆庚申（一六二〇）春吕遠刻的墨華齋本，有譚爾進序，又有「明譚爾進抑之校」的字樣，當係譚校吕刻本（原刻未見，據趙萬里先生影寫本）〔一〕。此後，有康熙時侯文燦刻《十名家詞集》本（亦園藏本），光緒時金武祥《粟香室叢書》覆刻侯本，劉繼增

〔一〕 譚、吕兩種原刻本，我都没有看到，我所看到的譚本是趙萬里的影寫本，吕本是劉繼增校箋本。

《南唐二主詞箋》排印本㈠，宣統時沈宗畸《晨風閣叢書》刻王國維校補南詞本。民國以來，雖有不少關於「二主詞」的著作，但一般還是依據上列幾種本子的。此外，劉箋本序説有毛晉汲古閣舊鈔本，唐圭璋先生《南唐二主詞彙箋》序説有朱景行自《永樂大典》録出之《全唐詩》本，王仲聞先生來信説有吴訥本和蕭江聲抄本，我都未曾看過。

各本的篇數完全相同，只是吕刻墨華齋本多出《搗練子》「雲鬟亂」一首，注「出升庵《詞林萬選》」，録在篇末。查汲古閣《詞苑英華》本楊慎《詞林萬選》録李煜詞前後凡二首——《菩薩蠻》「銅簧韻脆鏘寒竹」首和這一首。楊慎以前，未見把這首詞作爲李煜詞的記載，楊慎係明弘治、正德、嘉靖間人（一四八八——一五五九），録這詞不知有何根據。吕刻既然標明「出升庵《詞林萬選》」，則在原本之外增補這一首的意義是很明顯的（劉箋已説過）。

㈠　劉繼增自序作於「光緒庚寅（一八九〇）中秋」。徐延寬跋：「琱版早就，遲未印行，旋歸道山。友人某先生遽取版去，荏苒垂數年，卒亦未果印。某先生今下世，版且不可究詰矣。哲嗣書勳先生，因檢舊藏當日紅印樣本，重付鑄鉛排印。」現行本係民國七年（一九一八）無錫公立圖書館校印。

各本編列的次序一樣。但，既不按照寫作年代的先後，又不按照調子字數的長短，都是隨得隨編，很爲雜亂。

各本的文字頗有異同，也互有長短。我個人的看法，沈刻王國維校補南詞本最爲完善（王鵬運跋《陽春集》後過録彭元瑞開列的詞目中有南詞本《南唐二主詞》，不知即此本否）。據王國維説：南詞本《南唐二主詞》與常熟毛氏所鈔、無錫侯氏所刻同出一源，是南宋初年的輯本，可能就是《直齋書録解題》所稱的宋長沙書肆所刊的本子。又説：輯録這詞的人應在宋高宗紹興末年（約一一五九——一一六二年。説見王氏《南唐二主詞後記》）。因此，我這個本子，就用沈刻王校南詞本（《晨風閣叢書》本）作底本，以影寫吕刻本、侯刻本、粟香室覆侯本、《全唐詩》本，以及有關二主詞的各專集、各選本、詞話、筆記之類互相比勘。我所未見的舊鈔本和朱録本，仍據劉、唐箋本過録；吳本和蕭抄本，則請王仲聞先生補校。此間的藏書不多，個人的見聞有限，這次的校勘工作，是得到人民文學出版社和王仲聞先生不小的幫助的。

關於注釋方面，爲便於青年知識分子的閱讀，原則上只解釋意義，不詳引出處。其中有些引用詩、詞或其他文章的，大約有下列幾種情況：第一，本來就有不同的説法，要加以别擇，不能不提出依據的；第二，句意較難明白，引證可以幫助説明的；第三，比較特殊的用法，非引用例證很難使人信服的。除此以外，我還把全首的作意和藝術手法等略加説明。這是「通人所不取」的，也最易陷於主觀片面，只是我自己對作品的一點粗淺的體會，提供給一般年輕的讀者們參考，當然不能看成定論。這在老成持重、但求無過的人是不肯這樣做的，這樣做，可能招來不少的麻煩；但就我所接觸到的許多大學生和青年教師都有這樣的要求，我是屬於比較老一輩的人，有責任這樣做，於是我就不顧一切地這樣做下去。這從好的方面説，可以幫助他們理解這種比較難於理解的作品；從壞的方面説，也可能妨礙他們的獨立思考。

最後，我還不得不在這裏聲明一下，我所以做這種注釋和校勘並且有的地方還加上一些附録的工作，是有這樣的意圖的：可以供一般初學者的閲讀，同時也可以供有意深入鑽研者的參考。前者只看注釋部分就够了；後者就可以兼看校勘以下的部分得到一些找尋資料的綫索。至於不録各家對李璟、李煜詞的評語的原因，一則因爲古人的評語，一般都不很具體，如果不經過解釋，對一般讀者的幫助不大；二則因爲唐圭璋編有《詞話叢編》凡六十種，有意研究的人可以自行翻閲。（有關作品的寫作時間或本事的評語，我也附録一些。）

這個本子是我在幾個月内擠出時間完成的，我的業務水平和理論水平都很不够，又沒有較鬆裕的時間可以較深入地考慮問題，較廣泛地搜集材料，錯誤和遺漏的地方一定不少，希望讀者們多多指正。

詹安泰

目録

李璟李煜詞補遺

以上篇目的名稱，均依據王國維輯補南詞本《南唐二主詞》。調名下注明首句，以示區別，也較便翻檢。篇目的次第：李璟詞仍舊；李煜詞則是我重新編排的。因爲現存的幾種比較古老的本子，編排次序都很雜亂，既不按年代的先後，又不按調子的字數，並且攙入一些別人的作品，漏掉一些李煜的作品，實有重新整比的必要。我這個本子，就是意圖從作者寫作時期的先後來編排的。雖是我自己的看法，未必首首有確切的依據，但這樣的編排，對李煜的生活作風、思想感情以及創作活動轉變的過程，似乎可以看出一些綫索。其中有些明知是別人的作品攙進去的，如《更漏子》爲温庭筠作，《蝶戀花》爲李冠作，均爲抽出，列入補遺。至於《臨江仙》一首，雖經夏承燾據陳鵠《耆舊續聞》考出爲他人所作（見《南唐二主年譜》），但還未成定論，仍列入《破陣子》前。《柳枝》和《漁父》二首之爲李煜的作品，一向沒有異說。王國維對《漁父》雖曾懷疑，並無確證，故仍歸入李煜詞內。「補遺」中的詞，除我新列入兩首和王國維輯補十二首中的九首之外，更增入唐圭璋從邵長光輯録本録出的《開元樂》一首。

詹安泰附識

李璟李煜詞校注

南唐二主詞

李璟詞

應天長

後主云：先皇御製歌辭墨迹在晁公留家。

一鈎初月臨妝鏡〔一〕，蟬鬢鳳釵慵不整〔二〕。重簾静，層樓迥〔三〕，惆悵落花風不定〔四〕！

柳堤芳草徑，夢斷轆轤金井〔五〕。昨夜更闌酒醒〔六〕，春愁過却病〔七〕。

【注釋】

〔一〕一鈎初月：指早上一彎纖細的月。一説指愁眉。

〔二〕蟬鬢：鬢是耳邊的髮，把鬢梳成蟬翼的樣子叫「蟬鬢」。鳳釵：釵是古代婦女用以簪髮的一種首飾，釵頭作鳳形的叫「鳳釵」。慵不整：即無心梳洗。慵，懶。

〔三〕迥：寥遠的意思。

〔四〕惆悵句：無定向的風亂吹着落花，象徵女人離開男人徬徨無依的生活。女人看了這種景象，感念到自己的身世，就會「惆悵」起來。

〔五〕轆轤：井上汲水的工具。　金井：井欄有金碧輝煌的雕飾的叫「金井」。

〔六〕更闌：即更深。

〔七〕春愁過却病：是説把春愁和病比較起來，春愁比病更難堪。

這詞是描寫一個女人傷春傷別的心情。開首寫她心情很不愉快，懶得對鏡梳妝，接着寫她所處的環境：樓高人静，風吹花落，越發引動青春易逝之感。這都是從現場生活作精細的刻畫。以下更加强了描寫的廣度和深度：説在那柳蔭下芳草中共同遊樂的人，現在夢想也不可到，這就把境界擴大了；説昨夜曾燈前對酒，意圖消除愁悶，可是夜深酒醒，春愁更增，比病還要難受，這就把情味加深了。通過這樣的各個方面的描寫，這傷春傷別的女人的生活現象和内心活動便很突出地呈現在讀者的眼前。這是很簡煉、深刻的寫法。這詞結構的完整性也是值得注意的：開首説早起，結尾説昨夜，首尾很密切地貫通着，正由於昨夜的酒醒愁多，今早纔無心梳洗（這種寫法，傳統上叫「逆寫」，因先説現在，再説過去，在次序上是逆溯）；上段結尾寫風花不定，下段接着説柳堤芳草，也聯繫得很緊。既然感到風飄花落的難堪，進一步就自然會依戀着過去的趁時遊樂的生活了。這樣的寫法，雖然不是一個什麽公式，但「首尾相救，過片不斷」，就詞的結構的完整性來説，還是值得注意的。

【校勘】

這詞並見馮延巳《陽春集》（四印齋本，後同。侯刻《陽春集》有異文的另行標出）、歐陽修《近體樂府》（雙照樓本，後同）。《陽春集》調下注：「李後主。」《草堂詩餘續集》（長湖外史類輯、天羽居士評箋、古香岑《草堂詩餘》四集本，以後簡稱《續集》）、御選《歷代詩餘》（原刊本，後同）均作李後主作；《詞綜》（裘抒樓本，後同）、欽定《詞譜》（原刊本，後同）均作馮延巳作；萬樹《詞律》（光緒刊本，後同）作歐陽修作。《續集》題作《曉起》。

題下注，吕遠「墨華齋本」（趙萬里影印本，以後簡稱「吕本」）、侯文燦亦園藏本（侯文燦原刻《名家詞集》中的《二主詞》，以後簡稱「侯本」）均作「後主書云」。吕本、侯本均無「御製歌辭」四字。侯本注在篇末。

〔一鈎〕《近體樂府》、《詞律》、《詞譜》均作「一彎」。

〔初月〕侯本、《陽春集》均作「新月」。《陽春集》「新」下注：「别作『初』。」

〔妝鏡〕《陽春集》、《近體樂府》、《詞律》、《詞譜》均作「鸞鏡」。《陽春集》「鸞」下注：「别作『妝』。」

〔蟬鬢〕《陽春集》、《近體樂府》、《詞律》、《詞譜》均作「雲鬢」。《陽春集》「雲」下注：「别作『蟬』。」

〔重簾静〕《陽春集》、《近體樂府》、《詞律》、《詞譜》均作「珠簾静」。《陽春集》「珠」下注：「别作

『重』。」毛刻《六一詞》(毛晉刻汲古閣《宋六十名家詞》本)「静」作「浄」。

〔層樓迥〕《陽春集》「層」作「重」，下注：「別作『層』。」侯本「迥」誤作「適」(粟香室本已改正)。

〔落花〕林大椿《近體樂府》校記：「祠堂本作『落月』。」

〔柳堤兩句〕《陽春集》、《近體樂府》、《詞律》、《詞譜》均作「緑烟低柳徑，何處轆轤金井」。《陽春集》「柳」下注：「別作『柳堤芳草』。」「處」下注：「別作『夢斷』。」吳訥《唐宋名賢百家詞·南唐二主詞》(以後簡稱「吳本」)上句末一字誤作「遥」。

〔過却〕《陽春集》、《近體樂府》、《詞律》、《詞譜》均作「勝却」。《陽春集》「勝」下注：「別作『過』。」侯刻《名家詞集》中《陽春集》與四印齋本同，惟無句中小注，在篇末注：「此首與南唐李中主詞小異，《蘭畹集》誤作歐陽永叔。」

【集評】

陳廷焯《雲韶集》卷一：「風不定」三字中有多少愁怨，不禁觸目傷心也。結筆凄婉，元人小曲有此凄涼，無此温婉。古人所以爲高。

俞陛雲《唐五代兩宋詞選釋》：詞寫春夜之愁懷。「初月」、「蟬鬢」二句先言黄昏人倦，「重簾」三句更言樓静聽風。下闋聞柳堤汲井，曉夢驚回，皆昨夜之情事。至結句乃點明更闌酒醒，愁病交加。

通首由黃昏至曉起回憶，次第寫來，柔情宛轉，與周清真之《蝶戀花》詞由破曉而睡起，而送別，亦次第寫來，同一格局。其結句點睛處，周詞云「露寒人遠鷄相應」，從行者着想；此言春愁兼病，從居者着想，詞句異而言情寫怨同也。

望遠行

玉砌花光錦綉明〔一〕，朱扉長日鎮長扃〔二〕。夜寒不去寢難成，爐香烟冷自亭亭〔三〕。殘月秣陵砧〔四〕，不傳消息但傳情。黄金窗下忽然驚：征人歸日二毛生〔五〕！

【注釋】

〔一〕玉砌：玉一般的石級。錦綉明：像織成的錦綉一樣的明麗。

〔二〕朱扉：朱，紅色。扉，門扇。鎮長扃：老是關閉着。扃，原係關閉門户的横木，這裏作關閉解。

〔三〕亭亭：裊裊上升的樣子。這句是説，爐香的烟已經冷了，香烟還獨自裊裊上升着。這當然是一種幻覺，是從經常不寢，焚香等待什麽産生出來的一種境界。但一經這樣寫，就不但表現出他期待心情的迫切，也更具體地刻畫出他的睜開眼睛睡不着。

〔四〕秣陵：今南京。　砧：搗衣石。

〔五〕征人：即離家外出的人。　二毛：即毛髮斑白。因爲斑白的毛髮是雜着白毛和黑毛，所以叫「二毛」。

這是一首抒寫懷念遠人的小詞。日間花光明媚，正堪遊樂，而這人關門不出，既然可以看出這人的心已蒙上了重重的暗影，無法開朗了；加以夜間睡不着，老是在等待着什麽似的，更可以看出這人的心已煎熬到極其焦迫的境地；何況又傳來月下的砧聲，聲聲搗碎離人心，而消息依然是沉沉！過着這樣度日如年的生活的人，發出「回得家時頭髮該是斑白了」的驚歎，就成爲合情合理的事了。篇中可能是表現一種意圖不易實現，到實現時又怕過了時限不能發生作用的一種矛盾曲折的心情。由於作者運用了映襯、聯想、渲染種種的藝術手法（開首是映襯，「爐香」句是聯想，「殘月」兩句是渲染），通過具體生動的形象表現出來，就使得作品充滿了生活的氣息。使人感到的是反映生活的真實而不是抽象的概括。

【校勘】

這詞各本《南唐二主詞》、黄昇《花庵詞選》（涵芬樓影印明刊本，後同）、温博《花間集補》（涵芬樓影印玄覽齋本，後同）、《詞譜》均作中主作；《詞律》、《全唐詩》（原刊本，後同）、《歷代詩餘》均作後主作；陳耀文《花草粹編》（陶風樓影印明萬曆刊本，後同）則作南唐李主作。

〔玉砌〕吕本、侯本、《花庵詞選》、《花間集補》、《詞律》、《全唐詩》、《詞譜》均作「碧砌」；《花草粹編》作「遶砌」。吴本「玉」字空格。

〔錦綉明〕《花庵詞選》、《花間集補》、《全唐詩》、《詞律》、《詞譜》均作「照眼明」。

〔朱扉句〕《花草粹編》作「朱扉鎮日長扃」。

〔夜寒〕吕本、侯本、《花庵詞選》、《花間集補》、《全唐詩》、《詞譜》均作「餘寒」；《詞律》作「餘香」。吴本「夜」字空格。

〔不去〕《花庵詞選》、《花間集補》、《全唐詩》、《詞律》、《詞譜》均作「欲去」。

〔寢〕各本均作「夢」。

〔亭亭〕吴本下一「亭」字空格。

〔殘月〕吕本、侯本、蕭江聲抄本（以後簡稱「蕭本」）、《花庵詞選》、《花間集補》、《詞律》、《全唐詩》、《詞譜》均作「遼陽月」。《詞譜》注：「按，《花草粹編》前段第二句『朱扉鎮日長扃』，換頭句『殘月秣陵砧』，各少一字，今從《二主詞》原本校定。」吴本「殘」字空格。

〔窗下〕《花庵詞選》、《花間集補》、《詞律》、《全唐詩》、《詞譜》均作「臺下」。

吕本篇末注：「不去，《花間集》作欲去。」（按，吕本注《花間集》，實係温博《花間集補》，後同。）

【集評】

卓人月《古今詞統》卷七：髀裏肉，鬢邊毛，千秋同慨。

俞陛雲《唐五代兩宋詞選釋》：上闋寫所處一面之情景。惟寒夢難成，醒眼無聊，但見爐烟之亭亭自裊，善寫孤寂之境。其下遼陽、秣陵，始兩面兼寫。「傳情」二字，見聞砧對月，兩地同懷。結句言忽見北客南來，雪窖遠歸，鬢絲都白，則行役之勞，與懷思之久，從可知矣。

浣溪沙　二首

手捲真珠上玉鉤〔一〕，依前春恨鎖重樓〔二〕。風裏落花誰是主〔三〕？思悠悠！青鳥不傳雲外信〔四〕，丁香空結雨中愁〔五〕。回首緑波三楚莫〔六〕，接天流。《漫叟詩話》云：李璟有曲云，手捲真珠上玉鉤，或改爲珠簾，非所謂知音者。

【注釋】

〔一〕真珠：指珠簾。玉鉤：以玉琢成的簾鉤。

〔二〕依前句：是説依然和往時一樣把春恨鎖住在重樓裏面，也就是説，重樓裏還是和往時一樣充滿了春恨。

〔三〕風裏句：是説落花隨風飄蕩無所歸宿，誰是它的主人呢？

〔四〕青鳥：代替帶信的人。一説係美人的代語。雲外：指遥遠的地方。

〔五〕丁香句：「丁香結」原來就是丁香的花蕾，詩人把它來象徵愁心。李商隱《代贈》詩：「芭蕉不展丁香結，同向春風各自愁。」賀鑄《石州慢》詞：「欲知方寸共有幾許新愁，芭蕉不展、丁香結。」都是很明顯的例子。這裏集中在丁香結，而加上雨中的境界，又加一「空」字（「空」是徒然的意思，表示無人理會得），使比象愁心的丁香花蕾更凄艷動人，更值得憐憫。

〔六〕三楚：指南楚、東楚、西楚。三楚究竟在什麽地方，有幾種説法，《漢書・高帝紀》「羽自立爲西楚霸王」句注：「孟康曰：舊名江陵爲南楚，吴爲東楚，彭城爲西楚。師古曰：孟説是也。」這説法似較合。黄滔《秋色賦》：「空三楚之暮天，樓中歷歷；滿六朝之故地，草際悠悠。」和這句意可相印證。

這詞充滿了愁恨和感慨。一開簾即滿懷春恨，並且是累積下來的跟往常一樣的春恨，這情緒是多麽飽滿！風裏落花是高度集中的寫法，是舉出一種最突出的景物來象徵春恨的内涵。從這種景象看，很明顯，這是在彷徨不安、無可告訴的情況之下産生出來的。因而接着就説，没有信使傳達消息，而愁恨越發固結不可解。情況糟到這個地步，還有什麽辦法呢？只有對着值得依戀的廣漠的江天寄託浩渺的懷思而已。細看這詞，在深長愁恨中表露出徬徨無措的心情，又對着江天致其無窮的依戀，當非一般的對景抒情之作，可能是李璟當南唐受周威脅得很厲害的時候借這樣的小詞來寄託自己的遭遇和懷抱的。

【校勘】

調名，毛本《尊前集》（毛晉刻汲古閣本。朱孝臧《彊村叢書》本《尊前集》作《浣溪沙》。以後毛、朱本同的，僅標《尊前集》。不同的以「毛本」、「朱本」標出）、《花庵詞選》、《花間集補》、《詞綜》、《詞譜》、張宗櫄《詞林紀事》（掃葉山房本，後同）、吴任臣《十國春秋》（漱石山房本，後同）引均作《山花子》。妙選羣英《草堂詩餘》（涵芬樓影印明刊本，以後簡稱「妙選」）調名下注，「此調乃《攤破浣溪沙》，一名《山花子》」，調上標「春恨」。程明善《嘯餘譜》（張漢瑞凝堂重訂本，後同）列入「《山花子》第二體」，注：「一名《添字浣溪沙》。」《草堂詩餘正集》（顧從敬類選，沈際飛評正，古香岑《草堂詩餘》四集本，以後簡稱「《正集》」）、《詞律》、《全唐詩》均作《攤破浣溪沙》，注：「一名《山花子》。」（《詞律》録「菡萏香銷」首）《歷代詩餘》作《南唐浣溪沙》，注：「稱南唐者，以李璟『細雨』、『小樓』二句膾炙人口得名也。」《詞譜》注，於各種名稱外，加上《感恩多令》。

這詞《尊前集》、劉斧《翰府名談》（見阮閲《詩話總龜》卷十二引，涵芬樓影印明刊本，後同）、《花庵詞選》、《花間集補》、《嘯餘譜》均作李後主詞；毛訂《草堂詩餘》（毛晉刻汲古閣本，武陵逸史編，隱湖小隱訂。以後簡稱「毛訂」）不標作者姓名。《類編草堂詩餘》（顧從敬編次，韓俞臣校正，經業堂本，以後簡稱《類編》）、毛訂、《正集》、宋校《草堂詩餘》（楊慎評點，宋澤元校訂，《懺花庵叢書》本，以後簡稱「宋校」）均題作「春恨」。

〔手捲真珠〕馬令《南唐書》（涵芬樓影明本，後同）、《花間集補》均作「手捲珠簾」。《正集》「真珠」下注：「一作珠簾。」

〔鎖重樓〕朱本《尊前集》作「鎖眉頭」，朱孝臧校記：「『眉頭』，毛晉刻本作『重樓』。」

〔三楚〕《花庵詞選》、《草堂詩餘》（指各本《草堂詩餘》，後同）、《花間集補》、《嘯餘譜》、《詞綜》、《全唐詩》、《歷代詩餘》、《詞林紀事》均作「三峽」；馬令《南唐書》作「春色」（《詩話總龜後集》卷三十二引《南唐書》作「三峽」）。

篇末注，吳本、呂本、侯本均無「者」字。末句，蕭本、《詩話總龜》引、《說郛》本《漫叟詩話》「句法」條引均作「非所謂遇知音」。（侯本「詩話」誤作「詩語」，「璟」作「景」。）

【集評】

阮閱《詩話總龜前集》卷十二引《翰府名談》：李煜（按，當作「璟」）作詩，大率都悲感愁戚，如「青鳥不傳雲外信，丁香空結雨中愁」，「鬢從今日添新白，菊是去年依舊黃」之類。然思清句雅可愛。

胡仔《苕溪漁隱叢話前集》卷五十九引《漫叟詩話》云：「前人評杜詩云：『紅豆啄殘鸚鵡粒，碧梧棲老鳳凰枝。』若云『鸚鵡啄殘紅豆粒，鳳凰棲老碧梧枝』，便不是好句。」余謂詞曲亦然，李璟有曲「手捲真珠上玉鈎」，或改爲「珠簾」。舒信道有曲云「十年馬上春如夢」，或改云「如春夢」，非所謂遇知音者。

沈際飛《草堂詩餘正集》卷一：落花一事而用意各别，亦妙。

王世貞《藝苑卮言》：「細雨夢回鷄塞遠，小樓吹徹玉笙寒」，「青鳥不傳雲外信，丁香空結雨中愁」，「無可奈何花落去，似曾相識燕歸來」，非律詩俊語乎？然是天成一段詞也，著詩不得。

陳廷焯《雲韶集》卷二十四：那不魂銷，綺麗芊綿。置之元明以後，便成絶妙好詞，緣彼時尚以古爲貴故。

黄蘇《蓼園詞選》：按，「手捲珠簾」，似可曠日舒懷矣，誰知依然「恨鎖重樓」。所以恨者何也？見落花無主，不覺心共悠悠耳，且遠信不來，幽愁空結。第見三峽波接天流，此恨何能自已乎！清和宛轉，詞旨秀穎。然以帝王爲之，則非治世之音矣。

俞陛雲《唐五代兩宋詞選釋》：此調爲唐教坊曲，有數名。《詞譜》名《山花子》，《梅苑》名《添字浣溪沙》，《樂府雅詞》名《攤破浣溪沙》，《高麗樂史》名《感恩多》，因中主有此詞，又名《南唐浣溪沙》。即每句七字《浣溪沙》之别體。其結句加「思悠悠」、「接天流」三字句，申足上句之意，以蕩漾出之，較七字結句，别有神味。《翰苑名談》云：「清雅可誦。」《弇州山人詞評》稱「青鳥」二句爲「非律詩俊語乎？然是天成一段詞也，著詩不得」。

又

菡萏香銷翠葉殘〔一〕，西風愁起緑波間〔二〕。還與韶光共憔悴，不堪看！細雨夢回鷄塞遠〔三〕，小樓吹徹玉笙寒〔四〕。多少淚珠無限恨！倚闌干。馮延巳作《謁金門》曰：「風乍起，吹皺一池春水。」中主曰：「干卿何事？」對曰：「未若陛下小樓吹徹玉笙寒也。」荆公問山谷，江南詞何處最好？山谷以「一江春水向東流」爲對。荆公云：未若「細雨夢回鷄塞遠，小樓吹徹玉笙寒」。又「細雨濕流光」最妙〔五〕。

【注釋】

〔一〕菡萏：荷花的别名。

〔二〕西風句：菡萏是生長在緑波中的，由於菡萏的香銷葉殘，就使得西風吹動菡萏時也不能不同情它而愁苦起來，不像以前很親熱地吻着它時，顯出嫵媚的姿態和愉快的心情一般，所以説「西風愁起」。這是從人的感受來説明物的感情的，是一種物類人格化的寫法。

〔三〕鷄塞：即鷄鹿塞。《漢書・匈奴傳下》：「漢遣長樂衛尉高昌侯董忠、車騎都尉韓昌將騎萬六千，又發邊郡士馬以千數，送單于出朔方鷄鹿塞。」注：「師古曰：在朔方窳渾縣西北。」按，在今陝西省横山縣西。詩人往往用以代表邊遠的地點，也簡稱「鷄塞」。如馬祖常《次韻繼學》詩：「鷄塞西寧外，龍沙北極邊。」是一個例子。

〔四〕笙：一種樂器，共十三管，依次裝置在一個圓匏裏面，管底安放薄葉，吹之能够發聲。

〔五〕上段見馬令《南唐書》，下段見無名氏《雪浪齋日記》（見胡仔《苕溪漁隱叢話前集》卷五十九引，阮閲《詩話總龜後集》卷三十二引，《類編》、《正集》的附注，「妙選」注於《虞美人》後），惟「江南」作「李後主」，文字也稍爲不同。「細雨濕流光」，馮延巳詞句。馮延巳《南鄉子》詞：「細雨濕流光，芳草年年與恨長。烟鎖鳳樓無限事，茫茫，鸞鏡鴛衾兩斷腸！　魂夢任悠揚。睡起楊花滿綉床。薄倖不來門半掩，斜陽，負你殘春淚幾行。」（陳鵠《耆舊續聞》以這句爲李後主詞，誤。《西塘集耆舊續聞》卷二：「趙德莊詞云：『波底夕陽紅濕。』『紅濕』二字，以爲新奇，不知蓋用李後主『細雨濕流光』與《花間集》『一簾疏雨濕春戀』之『濕』。」據《知不足齋叢書》本。）

這也是李璟抒寫滿懷愁恨的小詞。前段就景物寫，後段就人事寫。開首先描繪出香銷葉殘的殘荷的畫面，更從西風愁起、韶光憔悴來襯説，使那不堪目睹的形象更加鮮明突出，來説明「不堪看」的境況究竟達到什麼程度。然後轉從人事來説明。先就征夫説，「無邊絲雨細如愁」（秦觀《浣溪沙》

詞句），細雨是一個織愁的環境，在細雨中入夢，夢中的境界應該是日思夜想的美妙快活的境界，可是夢總須醒，夢醒時竟依然一身遠在邊荒的地帶（雞鹿塞中），這是多麼難堪的情況！再就思婦説，爲了思念遠離的愛人，在小樓上（月明中），吹透了玉笙，清寒入骨，仍未能使遠人歸來，這又是多麼難堪的情況！（陳子昂《别中岳真人序》「玉笙吹鳳」，李俊民《籌堂壽日》詩「月明吹徹玉笙寒」，説出吹笙的作用和吹笙時的環境，可以幫助説明這句意。有人認爲細雨夢回和小樓吹笙是同出於一個人的感受，説也可通。）在這樣的情況之下，無窮怨恨無窮淚，就成爲完全可以理解的了。由於作者通過了普通的景物和情事來説明自己的鬱積着的愁恨，特殊而具有一般的意義，就給人以極其深刻的印象，容易引起人們的共鳴。

【校勘】

調名，毛本《尊前集》作《山花子》，注：「一作《浣溪沙》。」

這詞《尊前集》、《花庵詞選》、《類編》、《花間集補》、毛訂、《嘯餘譜》、《正集》、宋校均作李後主作。宋校篇末附識：「陳眉公評本，此詞是南唐元宗作。……」《類編》、毛訂、《正集》、宋校均題作《秋思》。〔緑波〕馬令《南唐書》作「碧波」。

〔還與〕吴本、吕本、蕭本作「遠與」，吕本「遠」字下注：「《花間集》作還。」

〔韶光〕吴本、吕本、侯本、馬令《南唐書》均作「容光」。蕭本、舊鈔本作「寒光」（據劉繼增《南唐二

主詞箋》，排印本，後同）。粟香室覆侯本篇末注：「案，『容光』《詞綜》作『韶光』。」（校刊人金武祥案，後同）

〔鷄塞遠〕馬令《南唐書》作「清漏永」，《詩話總龜後集》引《南唐書》作「鷄塞遠」。

〔多少淚珠〕馬令《南唐書》作「簌簌淚珠」。吴本作「多少淚痕」。

〔無限恨〕吕本、侯本、《尊前集》、《花庵詞選》、《類編》、《花間集補》、毛訂、《嘯餘譜》、《正集》、《詞綜》、《詞律》、《全唐詩》、《詞譜》、《詞林紀事》、宋校均作「何限恨」；馬令《南唐書》作「多少恨」。

〔倚〕吴本、吕本作「寄」，吕本注：「《花間集》作『倚』。」

篇末注，吕本作「謁金門云」、「中主云」；侯本「曰」均作「云」，又無「荆公問山谷」一段。

【附録】

馬令《南唐書》卷二十五《王感化傳》：「感化善謳歌，聲韻悠揚，清振林木，繫樂部爲歌板色。元宗嗣位，宴樂擊鞠不輟。嘗醉命感化奏水調詞，感化惟歌『南朝天子愛風流』一句，如是者數四。元宗輒悟，覆杯歎曰：『使孫、陳二主得此一句，不當有銜璧之辱也。』感化由是有寵。元宗嘗作《浣溪沙》二闋，手寫賜感化。……後主即位，感化以其詞札上之，後主感動，賞賜甚優。」（劉繼增箋：「案，『王感化』，《南唐近事》作『樂工楊花飛』。」）

【集評】

胡仔《苕溪漁隱叢話前集》卷五十九引《雪浪齋日記》云：荆公問山谷云：「作小詞曾看李後主詞否？」云：「曾看。」荆公云：「何處最好？」山谷以「一江春水向東流」爲對。荆公云：「未若『細雨夢回鷄塞遠，小樓吹徹玉笙寒』。又『細雨濕流光』最好。」

胡仔《苕溪漁隱叢話後集》卷三十九：苕溪漁隱曰：《古今詩話》云：「江南成幼文爲大理卿，詞曲妙絶。嘗作《謁金門》云：『風乍起，吹皺一池春水。』中主聞之，因案獄稽滯，召詰之。且謂曰：『卿職在典刑，一池春水，又何干於卿？』幼文頓首。」又《本事曲》云：「南唐李國主嘗責其臣曰：『「吹皺一池春水」，干卿何事？』蓋趙公所撰《謁金門》辭，有此一句，最警策。其臣即對曰：『未如陛下「小樓吹徹玉笙寒」。』」若《本事曲》所記，但云趙公，初無其名，所傳必誤。惟《南唐書》與《古今詩話》二説不同，未詳孰是。

沈際飛《草堂詩餘正集》卷一：「塞遠」、「笙寒」二句，字字秋矣。

又云：少游「指冷玉笙寒，吹徹小梅春透」，翻入春詞，不相上下。

賀裳《皺水軒詞筌》：南唐主語馮延巳曰：「『風乍起，吹皺一池春水。』何與卿事？」馮曰：「未若『細雨夢回鷄塞遠，小樓吹徹玉笙寒』。」然細看詞意，含蓄尚多。至少游「無端銀燭殞秋風。靈犀得暗通。相看有似夢初回，只恐又抛人去，幾時來」，則竟爲蔓草之偕臧，頓丘之執別，一一自供矣。詞雖小技，亦見世風之升降。沿流則易，溯洄實難，一入其中，勢不自禁。即余生平，亦悔習此技。

許昂霄《詞綜偶評》：「細雨」二句合看，乃愈見其妙。

徐釚《詞苑叢談》卷三：《南唐書》載元宗手寫《攤破浣溪沙》二詞賜樂部王感化（詞略）。情致如許，當是叔寶後身。

陳廷焯《白雨齋詞話》卷一：南唐中宗《山花子》云：「還與韶光共憔悴，不堪看。」沉之至，鬱之至，凄然欲絶。後主雖善言情，卒不能出其右也。

陳廷焯《雲韶集》卷一：凄然欲絶，只在無可説處。

黄蘇《蓼園詞選》：按，「細雨」、「夢回」二句，意興清幽，自係名句。結末「倚欄干」三字，亦有説不盡之意。後主詞自多佳制，第意興凄凉慘憔，實爲亡國之音，故少選之。

王闓運《湘綺樓詞選》：選聲配色，恰是詞語。

俞陛雲《唐五代兩宋詞選釋》：馮延巳對中主語，極推重「小樓」七字，謂勝於己作。今就詞境論：「小樓」句固極綺思清愁，而馮之「風乍起，吹皺一池春水」，託思空靈，勝於中主，馮語殆媚兹一人耶？

王國維《人間詞話》：南唐中主詞「菡萏香銷翠葉殘，西風愁起緑波間」，大有衆芳蕪穢、美人遲暮之感。乃古今獨賞其「細雨夢回鷄塞遠，小樓吹徹玉笙寒」，故知解人正不易得。

李煜詞

浣溪沙 此詞見《西清詩話》

紅日已高三丈透，金爐次第添香獸〔一〕。紅錦地衣隨步皺〔二〕。佳人舞點金釵溜〔三〕，酒惡時拈花蕊齅〔四〕。別殿遥聞簫鼓奏〔五〕。

【注釋】

〔一〕香獸：匀和香料作成獸形的炭。始用於晉代的羊琇，見《晉書·羊琇傳》。

〔二〕地衣：古時候鋪在地上的紡織品，好像今天的地毯。這裏所指的是紅錦織成的。隨步皺：是説跳舞時紅錦織成的地衣跟着脚步打皺。

〔三〕舞點：即舞透、舞徹。溜：是滑過、輕脱的意思。

〔四〕酒惡：就是喝酒到帶醉的時候，普通叫「中酒」，這是當時的方言。趙德麟《侯鯖録》卷八：「金陵人謂『中酒』曰『酒惡』，則知李後主詩云『酒惡時拈花蕊嗅』，用鄉人語也。」(《稗海》本、《知不足齋叢書》本同)「齅」，即「嗅」字。

〔五〕別殿：帝王的居處，除正宮、正殿外，還有別宮、別殿、別館、別院之類。

這是李煜描寫自己一種荒唐放肆的生活，應該是他前期的作品。篇中都是實際生活的描寫，因而也就真實地反映了封建帝王縱情逸樂的醜態。開首從太陽已經升得高高了還如何如何説起，令人想見這是通宵達旦的情況，這就把縱情逸樂的時間拉長了。中間對當時豪華的設置和狂舞，醉酒的情態已經作了精細的刻畫，末了還飛來一陣別殿的簫鼓聲，令人想見帝王家裏的生活方式到處都是這樣，這又把縱樂的範圍擴大了。這麽一來，描寫的對象雖是一時一地的情況，但在反映某種生活上仍具有概括集中的典型意義。

【校勘】

吴本、吕本、蕭本題下注：「此詞見《西清詩話》。」（「此詞」吴本作「此詩」）侯本注在篇末。《晨風閣叢書》本把此注移在上首《搗練子令》的篇末，顯然錯誤，現據各本改正。

〔紅日〕蔡絛《西清詩話》、劉斧《摭遺》（見曾慥《類説》卷三十四）、陳善《捫蝨新話》（上集卷二——《叢書集成》據《儒學警悟》本，後同）均作「簾日」。

〔三丈〕《摭遺》作「丈五」。

〔舞點〕蕭本作「舞急」，《西清詩話》、《摭遺》均作「舞徹」。粟香室覆侯本篇末注：「案，『點』疑當作『颭』。」

〔時拈〕《捫蝨新話》作「時將」。吴本誤作「時沾」。

〔遥聞〕《西清詩話》、《摭遺》、《捫蝨新話》均作「時聞」。

【集評】

趙令畤《侯鯖録》卷八：金陵人謂「中酒」曰「酒惡」，則知後主詩云「酒惡時拈花蕊嗅」，用鄉人語也。

魏慶之《詩人玉屑》卷十引《摭遺》：歐陽文忠曰：詩源乎心者也。富貴愁怨，見乎所處。江南李氏巨富，有詩曰：「簾日已高三丈透……」與「時挑野菜和根煮，旋斫生柴帶葉燒」異矣。

陳善《捫虱新話》卷七：帝王文章自有一般富貴氣象。國朝，江南遣徐鉉來朝，欲以辭勝，至誦後主月詩云云。太祖皇帝但笑曰：「此寒士語耳，吾不爲也。吾微時，夜自華陰道逢月出，有句云：『未離海底千山暗，才到中天萬國明。』」鉉聞，不覺駭然驚服。太祖雖無意爲文，然出語雄健如此！予觀李氏據江南，全盛時宫中詞曰：「簾日已高三丈透……」議者謂與「時挑野菜和根煮，旋斫生柴帶葉燒」者異矣。然此盡是尋常説富貴語，非萬乘天子體。予蓋聞太祖一日與朝臣議論不合，嘆曰：「安得桑維翰者與之謀事乎！」左右曰：「縱維翰在，陛下亦不能用之。蓋維翰愛錢。」太祖曰：「措大家眼孔小，賜與十萬貫，則塞破屋子矣。」以此言之，不知彼所謂「金爐」、「紅錦地衣」當費得幾萬貫？此語得無是措大家眼孔乎？

俞陛雲《唐五代兩宋詞選釋》：《捫虱新話》云：「帝王文章，自有一般富貴氣象。」此語誠然。但時至日高三丈，而金爐始添獸炭，宮人趨走，始踏皺地衣，其倦勤晏起可知。恣舞而至金釵溜地，中酒而至嗅花爲解，其酣嬉如是而猶未滿足，簫鼓尚聞於別殿。作者自寫其得意，如穆天子之爲樂未央，適示人以荒宴無度，寧止楊升庵譏其忒富貴耶？但論其詞，固極豪華妍麗之致。

一斛珠

曉妝初過，沈檀輕注些兒箇〔一〕，向人微露丁香顆〔二〕。一曲清歌，暫引櫻桃破〔三〕。　羅袖裛殘殷色可〔四〕，杯深旋被香醪涴〔五〕。繡床斜憑嬌無那〔六〕；爛嚼紅茸〔七〕，笑向檀郎唾〔八〕。

【注釋】

〔一〕沈檀輕注：檀，是一種顏色，即淺絳色；色深而帶潤澤叫「沈」。這種色澤，唐宋婦女閨妝多用之：或用於眉端，或用於口唇，這裏是用在口唇的。有人認爲是一種香，實誤。《花間集》閻選

《虞美人》詞「臂留檀印齒痕香」，毛熙震《後庭花》詞「歌聲慢發開檀點」，都是以檀注唇的例證。輕注，是輕輕注入，即點的意思。些兒箇，是當時方言，即「些子兒」(「些子兒」，現在慣用了，其實也是當時的方言。見李調元《方言藻》)。《王直方詩話》：「(宋)太祖一夕翫月，命學士盧多遜曰：可以作詩。多遜曰：請用何韻？太祖曰：用兒字韻。多遜奏詩曰：『太液池邊月上時，好風吹動萬年枝。誰家玉匣新開鑑，露出清光些子兒？』」(見《詩話總龜》卷二十引。)這句的意思是承上句説，梳妝好了，口唇上還點了一些「沈檀」。

〔二〕丁香：本植物名，又叫「鷄舌香」，人家常用作女人舌的代稱。這句是説向人微微地露出自己的舌頭，表示很得意的神態。

〔三〕櫻桃：女人的口嬌小紅潤像櫻桃般，因而被稱爲櫻桃。白居易詩「櫻桃樊素口」是明顯的例子。這句是説她歌唱時張開了小口。

〔四〕裛殘殷色可：裛，是沾濡。殷色，是深紅色，一説是赤黑色。可，連下文看，義同「猶可可」、「猶閑可」，即還不在乎、還不算什麽的意思。薛昭蘊《浣溪沙》詞「瞥地見時猶可可，却來閑處細思量」，《西廂記》「而今煩惱猶閑可，久後思量怎奈何」，都是在兩句中由淺到深的説法。這裏的「殷色可」比之下一句「香醪涴」怕也是有程度淺深的差別。

〔五〕杯深：是説酒喝得多了。　香醪涴：醪，是汁滓相兼的醇酒，味甜。涴，同汙。

〔六〕憑：靠着。　嬌無那：是無限嬌娜、身不自主的意思。無那，猶無可奈何。

〔七〕紅茸：茸，和「絨」通，刺綉所用的絲縷，也叫「茸綫」。有各種顔色，這裏是指紅色的茸綫。

〔八〕檀郎唾：檀郎，古代婦女叫自己所愛的男子做「檀郎」。李賀詩：「檀郎謝女眠何處？」曾謙益注：「潘安小字檀奴，故婦女稱呼所歡爲檀郎。」又《堅瓠集》：「詩詞中多用檀郎字，檀喻其香也。」唾，吐出口裏的東西叫「唾」。

這是描寫一個歌女的情態，從出場到收場都加以精細的刻畫，因爲寫的是歌女，故着重寫她的口中的表現。給人印象最深的是結尾嚼絨唾檀郎的描寫，從這種動作中來表達出女人撒嬌的神態，在以前是没有被發現過的。

【校勘】

《草堂詩餘别集》（沈際飛選評，秦士奇訂定，古香岑《草堂詩餘》四集本，以後簡稱「《别集》」）題作《詠佳人口》，《歷代詩餘》題作《詠美人口》。

〔曉妝〕《花草粹編》、《花間集補》、《全唐詩》、《歷代詩餘》、《詞譜》均作「晚妝」。《别集》注：「一作晚，誤。」吴本、侯本「向人」下注：「缺一字。」

〔唾〕蕭本作「吐」。

【集評】

沈際飛《草堂詩餘別集》：後主、煬帝輩，除却天子不爲，使之作文士蕩子，前無古，後無今。

卓人月《古今詞統》卷八：徐士俊云：天何不使後主現文士身而必予以天子位，不配才，殊爲恨恨。

李漁《窺詞管見》：李後主《一斛珠》之結句云：「綉床斜倚嬌無那。爛嚼紅絨，笑向檀郎唾。」此詞亦爲人所競賞。予曰：此娼婦倚門腔、梨園獻醜態也。嚼紅絨以唾郎，與倚市門而大嚼，唾棗核瓜子以調路人者，其間不能以寸。優人演劇，每作此狀，以發笑端，是深知其醜，而故意爲之者也。不料填詞之家，竟以此事謗美人，而後之讀詞者，又止重情趣，不問妍媸，復相傳爲韻事，謬乎不謬乎？無論情節難堪，即就字句之淺者論之，爛嚼打人諸腔口，幾於俗殺，豈雅人詞内所宜。

李佳《左庵詞話》卷下：李後主詞「爛嚼紅絨，笑向檀郎唾」，李易安詞「倚門回首，却把青梅嗅」，汪肇麟詞「待他重與畫眉時，細數郎輕薄」，皆酷肖小兒女情態。

陳廷焯《雲韶集》卷一：畫所不到，風流秀曼，失人君之度矣。

俞陛雲《唐五代兩宋詞選釋》：雖綺靡之音，而上闋「破」字韻頗新穎。下闋「綉床」三句自是俊語。楊孟載襲用之，有《春綉》絶句云：「閑情正在停針處，笑嚼紅絨唾碧窗。」翻用前人詞語入詩，雖能手不免。

玉樓春

已後二詞，傳自曹功顯節度家〔一〕，云墨迹舊在京師梁門外李王寺一老尼處，故蔽難讀。

晚妝初了明肌雪〔二〕，春殿嬪娥魚貫列〔三〕。笙簫吹斷水雲間〔四〕，重按霓裳歌遍徹〔五〕。　臨春誰更飄香屑〔六〕？醉拍闌干情味切。歸時休放燭光紅，待踏馬蹄清夜月〔七〕。

【注釋】

〔一〕曹功顯節度：曹勛，字功顯（《宋史》本傳作「公顯」），陽翟人。曾從宋徽宗（趙佶）北遷。因高宗（趙構）建炎（一一二七——一一三〇）初曾建議募死士航海，入金國東京，奉徽宗由海道歸。得罪執政，謫爲外官，九年不得升遷。後來曾做江西兵馬副都監、成州團練使、忠州防禦使、容州觀察使等職。紹興二十九年（一一五九）爲昭信軍節度使。孝宗（趙眘）時，加太尉、提舉皇城司、開府儀同三司。淳熙元年（一一七四）卒，贈少保。（見《宋史》卷三百七十九本傳）著有《松隱樂府》。

〔二〕明肌雪：肌膚明潔像雪般。温庭筠《女冠子》詞：「鈿鏡仙容似雪。」韋莊《菩薩蠻》詞：

「皓腕凝雙（一作「霜」）雪。」都是把「雪」來形容肌膚的白滑。

〔三〕嬪娥：統指宮殿中的婦女。　魚貫列：即按次序排列着，因像魚游水一條條先後貫串着的樣子，故叫「魚貫」。

〔四〕水雲：水態雲容，原極相似；遠水天雲，又遥相接；流水行雲，更可象徵自然、閑澹、悠長、瀟灑的景象情致；因此詩人往往把水雲連用。例如蕭慤《春日曲水詞》：「山頭望水雲，水底看山樹。」王昌齡《巴陵送李十二》詩：「日暮蒹葭空水雲。」

〔五〕霓裳歌遍徹：《樂苑》：「《霓裳羽衣曲》，開元中西凉府節度楊敬述進。」白居易「《霓裳羽衣舞歌》」自注云：「散序六遍無拍。」又云：「中序始有拍，亦名拍序。」又云：「《霓裳曲》十二遍而終。」沈括《夢溪筆談》：「《霓裳曲》凡十二疊，前六疊無拍，至第七疊方謂之疊遍，自此始有拍而舞。」周密《齊東野語》：「《霓裳》一曲，共三十六段。嘗聞紫霞翁（楊纘）云：幼日隨其祖郡王曲宴禁中，太后令内人歌之，凡用三十人，每番十人奏，音極高妙。」王國維《唐宋大曲考》云：「《霓裳》，唐人謂之法曲，不云大曲。所以謂之法曲者，以其隸於法曲部而不隸於教坊故。然由其體制觀之，固與大曲無異也。唐之《霓裳》，散序六遍，中序以下十二遍。」又云：「大曲各疊，名之曰『遍』。『遍』者『變』也。古樂一成爲變。《周禮・大司樂》：樂有六變、八變、九變。鄭注云：變猶更也，樂成則更奏也。」從這裏我們可以看出《霓裳》是一種舞曲（法曲、大曲都有舞曲。張炎《詞源》「拍眼」條：「所以舞法曲、大曲者必須以指尖應節……」可證），它有十八遍（也叫「疊」），三十六段（每遍二段），前六遍無拍不舞，以後纔有拍而舞。「徹」字這裏雖没有提到，但從「《霓裳曲》十二遍而終」的説法，和郭茂倩《樂府詩集·近代曲辭》中的「大和」凡五首，第五首叫「第五徹」看來，似乎就是「終」、「末」的意思。

〔六〕香屑：即百和香。《詞林紀事》引許蒿廬説：「飄香屑，疑指落花言之。」

〔七〕待踏句：是説月夜騎馬歸去。

這是李煜前期的作品，描述在宫殿中縱情遊樂的情形。前段寫出場有許多美人奏樂歌唱的盛況。後段刻畫洋洋得意的神態，直至收場踏月歸去。

【校勘】

調名，《全唐詩》作《木蘭花》，注：「一名《玉樓春》，一名《春曉曲》，一名《惜春容》。」《詞譜》卷十二在《玉樓春》調名下注：「李煜詞名《惜春容》。」劉繼增箋：「案，《詞譜》云：李煜詞名《惜春容》，所見與此本異。」《類編》、毛訂、《正集》、宋校均題作《宫詞》。

調下注，「已後」，吴本、吕本、蕭本作「已下」。「曹功顯」，吴本、吕本、侯本均作「曹公顯」。「一」字蕭本無。「老尼處」，吴本、吕本、侯本均作「老居士處」。侯本注在下首《子夜歌》的末尾，「已後」作「已上」。

〔嬪娥〕徐釚《詞苑叢談》（《海山仙館叢書》本，後同）引作「嫦娥」。

〔笙簫吹斷〕《花草粹編》作「笙歌吹斷」；《正集》作「鳳簫吹斷」，「鳳」下注「一作『笙』，誤」，「吹」下注「一作『初』，誤」；《詞綜》、《全唐詩》、《詞譜》、《詞林紀事》均作「鳳簫聲斷」；《草堂詩餘雋》作「鳳簫初斷」（據唐圭璋箋）。

〔水雲間〕《草堂詩餘》、《花草粹編》、《詞綜》、《全唐詩》、《詞林紀事》均作「水雲閑」，《正集》和宋校同，吴本「間」字空格。

〔臨春〕毛訂、《詞綜》、《全唐詩》、《詞譜》、《詞林紀事》均作「臨風」。

〔情味〕妙選、陳校《草堂詩餘》（陳鍾秀校刊本，以後簡稱「陳校」）、《花草粹編》、《花間集補》、毛訂、《詞綜》、《詞苑叢談》引、《全唐詩》、《詞譜》、《詞林紀事》均作「情未」。

〔休放〕吴本、吕本、侯本、蕭本、妙選、陳校、《類編》、《花草粹編》、《花間集補》、《詞苑叢談》引、《詞林紀事》均作「休照」。

〔燭光〕吴本、吕本、侯本、蕭本、《草堂詩餘》、王世貞《弇州四部稿》引（見馮金伯《詞苑萃編》卷三）、《花草粹編》、《花間集補》、毛訂、《詞綜》、《詞苑叢談》引、《全唐詩》、《詞譜》、《詞林紀事》均作「燭花」。

〔待踏〕吴本、吕本、侯本、蕭本、妙選、陳校、《類編》、《花草粹編》、《花間集補》、毛訂、宋校均作「待放」；《正集》「踏」下注：「一作『放』，誤。」

【附録】

馬令《南唐書》卷六《女憲傳》：「後主昭惠后周氏，小字娥皇……通書史，善音律，尤工琵琶。……唐之盛時，《霓裳羽衣》最爲大曲，罹亂，瞽師曠職，其音遂絶。後主獨得其譜。……后輒變易訛謬，頗去洼淫，繁手新音，清越可聽。」

王灼《碧鷄漫志》卷三：李後主作《昭惠后誄》云：「《霓裳羽衣曲》，綿兹喪亂，世罕聞者，獲其舊譜，殘缺頗甚，暇日與后詳定，去彼淫繁，定其缺墜。」（《知不足齋叢書》本在此下注「灼所引似是誄後注文，今失傳」云。）《漁隱叢話前集》卷二十四：「此曲（指《霓裳羽衣曲》）世無譜，好事者每惜之。《江表志》載周后獨能按譜求之。徐常侍鉉有聽《霓裳》送以詩云：『此是開元太平曲，莫教偏作别離聲。』則江南時猶在也。」（《海山仙館叢書》本。後同。）按，《徐公文集》（《騎省集》卷五）此詩題作《又聽霓裳羽衣曲送陳君》。

王銍《默記》中：「小説載（陶九成《説郛》「載」字下有「伐」字，更佳。——宛委山堂本，後同）江南大將獲李後主寵姬者（《説郛》作「夜」），見燈輒閉目，云，烟氣。易以蠟燭（《説郛》作「燈」），亦閉目，云，烟氣愈甚。曰，然則宫中未嘗點燭耶？云，宫中本閣每至夜則懸火（《説郛》作「大」）寶珠，光照一室如日中也。」（商務印書館校印本，後同。）

徐釚《詞苑叢談》卷六：「李後主宫中未嘗點燭，每至夜則懸大寶珠，光照一室如日中。嘗賦《玉樓春》宫詞曰：『晚妝初了明肌雪，春殿嬪娥魚貫列。笙簫吹斷水雲間，重按《霓裳》歌遍徹。臨春誰更飄香屑？醉拍闌干情未切。歸時休放燭花紅，待踏馬蹄清夜月。』王阮亭《南唐宮詞》云：『花下投箋漏滴壺，秦淮宮殿浸虛無。從兹明月無顔色，御閣新懸照夜珠。』極能道其遺事。」

【集評】

王世貞《弇州山人詞評》：「歸時休放燭花紅，待踏馬蹄清夜月。」致語也。「問君能有幾多愁，恰似一江春水向東流。」情語也。後主直是詞手。

楊慎《評點草堂詩餘》卷二：何等富麗侈縱。觀此，那得不失江山。

沈際飛《草堂詩餘正集》卷一：此駕幸之詞，不同於宮人自叙。「莫教踏碎瓊瑶」，「待踏清夜月」，總是愛月，可謂生瑜生亮。

又云：侈縱已極，那得不失江山？《浪淘沙》詞即極凄楚，何足贖也。

李廷機《草堂詩餘評林》卷三：人主叙宮中之樂事自是新切，不與他詞同。

許昂霄《詞綜偶評》：《玉樓春》「重按霓裳歌遍徹」，《霓裳曲》十二遍而終，見香山詩自注。「臨風誰更飄香屑」，「飄香屑」，疑指落花言之。

譚獻《復堂詞話》：豪宕。

陳廷焯《雲韶集》卷二十四：風雅疏狂，失人君之度矣。

俞陛雲《唐五代兩宋詞選釋》：此在南唐全盛時所作。按霓羽之清歌，爇沉香之甲煎，歸時復踏月清游，洵風雅自喜者。唐元宗後，李主亦無愁天子也。此詞極富貴，而《浪淘沙令》「流水落花春去也，天上人間」，又極淒惋，則富貴亦一場春夢耳。《霓裳曲》天寶後散失，南唐昭惠后善歌舞，得其殘譜，審定缺墜，以琵琶奏之，遺曲復傳。故上段結句云：「重按《霓裳》。」洪刍《香譜》謂後主自製「帳中香」，「以丁香、沉香及檀麝等各一兩，甲香三兩，皆細研成屑，取鵝梨汁蒸乾焚之」。故下段首句云風飄香屑，殆即「帳中香」也。其「清夜月」結句極清超之致。《藝苑巵言》云：「後主直是詞手。」

子夜歌

尋春須是先春早，看花莫待花枝老。縹色玉柔擎〔一〕，醅浮盞面□（清）〔二〕。□□（何妨）二字磨滅不可認，疑是何妨字。頻笑粲〔三〕，禁苑春歸晚〔四〕。同醉與閒平〔五〕，詩隨羯鼓成〔六〕。

【注釋】

〔一〕縹色玉柔擎：縹色，青白色，淺青色。玉柔，指女人的手，潔白而又柔嫩的意思。擎，即舉。

〔二〕醅：未濾過的酒。

〔三〕粲：笑貌。《穀梁傳·昭公四年》：「軍人粲然皆笑。」注：「粲然，盛笑貌。」朱駿聲《説文通訓定聲》解作露齒貌。

〔四〕禁苑：帝王的苑囿，禁人隨便進去，叫「禁苑」。　春歸晚：春天較遲纔過去，意思是説春天的景色，有較長時間可以玩賞。

〔五〕閒平：也作「閒評」，隨意評議什麼，品評什麼。

〔六〕羯鼓：一種樂器，狀如漆桶，下承以牙床，兩頭俱擊。《通典·樂典》：「以出羯（匈奴別族）中，故號羯鼓，亦謂之兩杖鼓。」

這是寫春天裏在禁苑中過着飲酒賦詩的閑適生活。開首由人生應該及時行樂説起，次説女人勸酒，次説欣賞禁苑的春色，最後説賦詩。通篇都寫得比較自然平淡，和主題相適應。

【校勘】

《子夜歌》，《花草粹編》在「人生愁恨何能免」篇末注：「又一闋云：『尋春須是陽春早，看花莫待花枝老。』惜後不全。」《歷代詩餘》作《菩薩蠻》。

〔醅浮〕朱本作「光浮」（朱景行自《永樂大典》録出之《全唐詩》本，據唐圭璋「彙箋」本校，後同）。
〔盞面□〕吕本、蕭本、《歷代詩餘》均作「盞面清」。
〔磨滅〕（注）吕本、侯本均作「漫滅」。「粲」吴本誤作「祭」。
〔頻笑粲〕上缺二字，蕭本、《歷代詩餘》作「何妨」。
〔禁苑〕《歷代詩餘》作「禁院」。
〔同醉〕朱本作「閑醉」。
〔閒平〕吕本、蕭本「平」作「評」。
〔羯鼓〕《歷代詩餘》作「疊鼓」。「羯」吴本誤作「揭」。

菩薩蠻

見《尊前集》。杜壽域詞亦有此篇，而文少異〔一〕。

花明月黯籠輕霧，今宵好向郎邊去！剗襪步香階〔二〕，手提金縷鞋〔三〕。　畫堂南畔見〔四〕，一向偎人顫〔五〕。奴爲出來難，教郎恣意憐〔六〕。

【注釋】

〔一〕杜壽域：指宋杜安世，京兆人，有《壽域詞》。《壽域詞》有《菩薩蠻》三首，這詞列第二首（博古齋影印《宋六十名家詞》本）。李調元《雨村詞話》卷二「竄李後主詞」條：「杜安世詞多襲前人，《壽域詞》一卷，殊無足觀。如《菩薩鬘》……此南唐李後主詞爲小周后而作也，膾炙人口已久，略改數字，竄入己集，不顧羞恥。」（《函海》本）

〔二〕剗：本來是削平的意思，這裏的「剗襪」，解作只以襪貼地。

〔三〕金縷鞋：指鞋面以金綫綉成的鞋。

〔四〕畫堂：彩畫裝飾的廳堂叫「畫堂」。

〔五〕一向：「向」和「餉」通，即片時的意思。「妙選」、《草堂詩餘》注：「一餉謂一食之頃（「陳校」作一飯之頃）。」 顫：身體抖動叫顫。

〔六〕恣意憐：恣意，即縱情、盡其所以的意思。憐，江東的方言，相愛叫憐，見郭璞注《爾雅·釋詁》。

這是描寫一個女子偷偷地去和一個男人幽會的情況。開首先來這樣的一個境界：嬌艷的花，正開在朦朧淡月迷濛輕霧之中。似近似遠，若隱若顯，和主題的表現作個極其美妙的配合。接着用自己決定的口吻來點清主題。「剗襪」以下，極其生動細緻地塑造了一個雙襪着地，一手提鞋，帶着慌張的神情而又輕輕地跑着的形象，真是一張挺好的畫。後段先描繪她會見男人時片刻間的羞怯的狀態，然後表白了自己的火熱的愛情，由於機會的難得，不能不縱情淫樂。描寫雖涉猥褻，但很大胆，很率真。

【校勘】

調名，《尊前集》作《子夜啼》，《詞綜》作《子夜》，杜安世《壽域詞》、《花草粹編》、《續集》、《全唐詩》、《詞林紀事》均作《菩薩蠻》。毛本《尊前集》調下注：「一本別見，或作《菩薩蠻》。」葉申薌《本事詞》（《詞話叢編》據天籟軒刊本）作《子夜歌》。卓人月《詞統》題作《幽歡》（據唐箋），《花草粹編》題作《與周后妹》。

調下注，侯本注在篇末，僅「見《尊前集》」四字。

〔籠輕霧〕吴本、侯本、劉箋本、《花草粹編》、《續集》均作「飛輕霧」。《詞綜》「籠」下注：「一作飛。」《壽域詞》作「朦朧霧」。

〔今宵好向〕吴本、吕本、侯本、《花草粹編》、《續集》均作「今朝好向」，《壽域詞》作「此時欲往」。

〔郎邊〕李調元《雨村詞話》引作「儂邊」。

〔剗襪〕馬令《南唐書》、《全唐詩》均作「衩襪」。《花草粹編》「剗」下注：「《南唐書》作『衩』。」《詞綜》「剗」下注：「一作『衩』。」

〔步香階〕劉箋本作「出香階」，《尊前集》作「步香苔」，《壽域詞》、《歷代詩餘》（卷一百十三「詞話」）引《古今詞話》均作「下香階」，《詞綜》「階」下注：「一作苔。」

〔手提〕《壽域詞》、《雨村詞話》引均作「手攜」。

〔畫堂南畔見〕《壽域詞》作「藥闌東畔見」。

〔一向〕侯本、《詞綜》、《全唐詩》、《歷代詩餘》引《古今詞話》、葉申薌《本事詞》引均作「一晌」。《壽域詞》作「執手」。

〔奴〕《尊前集》、《詞綜》均作「好」，《詞綜》注：「一作奴。」

〔出來〕《花草粹編》作「去來」，《雨村詞話》引作「出家」，《詞綜》「出」下注：「一作去。」

〔教郎〕吴本、吕本、侯本、蕭本、《尊前集》、《花草粹編》、《續集》、《詞綜》、《全唐詩》均作「教君」。《壽域詞》、《雨村詞話》引均作「從君」。

【附録】

馬令《南唐書》卷六《女憲傳》：「後主繼室周氏，昭惠之母弟也，警敏有才思，神彩端静（原注「二后之貌，見周宗傳」）。昭惠感疾，后常出入卧内，而昭惠未之知也。一日，因立帳前。昭惠驚曰：『妹在此耶？』后幼未識嫌疑，即以實告曰：『既數日矣！』昭惠惡之，返卧不復顧。昭惠殂，后未勝禮服，待年宮中。明年，鍾太后殂，後主服喪，故中宮位號久而未正。至開寶元年，始議立后爲國后。……后自昭惠殂，常在禁中。後主樂府詞有『衩襪步香階，手提金縷鞋』之類，多傳於外，至納后乃成禮而已。翌日，大醼（宴）羣臣，韓熙載以下，皆爲詩以諷焉，而後主不之譴。」

沈雄《古今詞話》卷上：「按，兩詞（指此詞及「銅簧韻脆」一首）爲繼立周后作也。周后即昭惠后之妹。昭惠感疾，周后常留禁中，故有『來便諧衷素』，『教君恣意憐』之語，聲傳外庭。至再納后成禮而已。」（唐圭璋《詞話叢編》據澄暉堂本。葉申薌《本事詞》同此看法。）

沈際飛云：「正指小周后事。」（《草堂詩餘續集》眉評）

【集評】

卓人月《古今詞統》卷五：徐士俊云：「花明月暗」一語，珠聲玉價。

潘游龍《古今詩餘醉》卷十：結語極俚，極真。

茅暎《詞的》卷一：竟不是作詞，恍如對話矣。如此等，《詞的》中亦不多得。

許昂霄《詞綜偶評》：《子夜》，情真景真，與空中語自別。「剗襪步香階」，「剗」，平也。

沈雄《古今詞話·詞品》卷下引孫琮評：「感郎不羞赧，回身向郎抱」，六朝樂府便有此等艷情，莫訶詞人輕薄。……李後主詞「奴爲出來難，教君恣意憐」，正見詞家本色，但嫌意態之不文矣。

陳廷焯《雲韶集》卷一：「剗襪」三語，細麗。「一晌」，妙。香奩詞有此，真乃工絕。後人着力描寫，細按之總不逮古人。

陳廷焯《詞則・閑情集》卷一：荒淫語，十分沉至。

俞陛雲《唐五代兩宋詞選釋》：昭惠后之妹，因侍后疾而承恩，詞爲進御之夕作。「剗襪」二句想見花陰月暗，悄行多露之時。宮中事秘，後主乃張之以詞，事傳於外。繼立爲后之日，韓熙載爲詩諷之，而後主不恤人言也。

又

蓬萊院閉天台女〔一〕，畫堂晝寢人無語。抛枕翠雲光〔二〕，綉衣聞異香。　潛來珠瑣動〔三〕，驚覺銀屏夢〔四〕。臉慢笑盈盈〔五〕，相看無限情！

【注釋】

〔一〕蓬萊：仙山名。《史記・封禪書》：「蓬萊、方丈、瀛洲，此三神山者，其傳在勃海中，去人不遠，患且至，則船風引而去。蓋嘗有至者，諸仙人及不死之藥皆在焉。」　天台女：天台是山名，在今浙江天台縣北。相傳漢劉晨、阮肇入天台山採藥，遇二女子，留了半年，回家時已經過了七世了，乃知那二女子是仙女。後人就把「天台女」作「仙女」的代稱。這句説在仙山的院裏留住了仙女，是比象在最舒適的地方住着最漂亮的女子。

〔二〕抛枕句：是描寫美人睡時頭髮和首飾覆於枕上的色澤，承上句「畫寢」説。

〔三〕潛來：凡不使人知的都叫「潛」，「潛來」是偷偷地來。　珠瑣：「瑣」疑指以環相勾連的環瑣，「珠瑣」是門上或身上的飾物，門動或身動都能作聲。

〔四〕銀屏：白色而有光澤的屏風或圍屏叫「銀屏」。

〔五〕臉慢：即「慢臉」。慢，曼的借字。《招魂》：「蛾眉曼睩。」《楚辭》王逸注：「曼，澤也。」《文選》五臣注：「曼，長也。」都是形容貌美的意思。毛熙震《女冠子》：「修蛾慢臉，不語檀心一點。」把「慢臉」和「修蛾」對稱，其義更爲明顯。

這是描寫在深院裏和一個美貌的女子調情的情況。前段描寫在一個深静的環境中是如何纏綿，如何沉醉。後段寫「潛來」，寫「驚覺」，寫「笑」，寫「相看」，精細刻畫，生動活潑。通首都是真切生活的體現。

【校勘】

〔人無〕《花草粹編》、《全唐詩》、《歷代詩餘》均作「無人」。

〔瑣〕各本作「鎖」，同。
〔銀屏〕《全唐詩》、《歷代詩餘》均作「鴛鴦」。
〔臉慢〕《花草粹編》、《全唐詩》、《歷代詩餘》均作「慢臉」。

又

銅簧韻脆鏘寒竹〔一〕，新聲慢奏移纖玉〔二〕。眼色暗相鈎，秋波横欲流。　雨雲深綉户，未便諧衷素〔三〕。讌罷又成空，魂迷春夢中！

【注釋】

〔一〕銅簧：樂器中的薄葉，用銅片爲之，吹起來就能够發聲。　脆：音響清越叫「脆」。　鏘寒竹：鏘，「鏘鏘」是形容一種聲音。這裏的「鏘寒竹」，是説寒竹裏發出鏘然的聲音。寒竹，指簫、笛、笙、竽之屬。

〔二〕移纖玉：指移動尖細的手指，是吹奏時的情形。纖，細小。玉，玉指。

〔三〕諧衷素：指狎暱淫褻的舉動。一説指談心。諧，諧合的意思；素，即情愫；衷素，即心情。

這是在筵席上鍾情和依戀一個奏樂的女子的自白。先寫聲樂和演奏的情況，次寫情感相通，再次寫諧合的未便，最後寫魂牽夢縈。有人從「來便」的本子並據《古今詞話》的説法，認爲這是李煜曾經幽會過的女子（指小周后），「雨雲」兩句是宕開，是聯想兩人諧合的情況，以下纔拍合寫現場生活。也通。

【校勘】

調名，楊慎《詞林萬選》（汲古閣「詞苑英華」本，後同）作《菩薩蠻》。《續集》題作《宫詞》。

〔秋波〕《詞林紀事》作「嬌波」。

〔未便〕《詞林萬選》、《花間集補》、沈雄《古今詞話》引、《全唐詩》、《歷代詩餘》（「詞話」引《古今詞話》，後同）、《詞林紀事》均作「來便」。

〔魂迷〕吴本、吕本、侯本、《詞林萬選》、《花間集補》、《續集》、《全唐詩》、《歷代詩餘》、《詞林紀事》均作「夢迷」。

〔春夢〕吕本作「春雨」，注「雨一作睡」；《詞林萬選》、《花間集補》、《續集》、《全唐詩》、《歷代詩餘》、《詞林紀事》均作「春睡」。

【集評】

卓人月《古今詞統》卷五：徐士俊云：後主詞率意都妙，即如「衷素」二字，出他人口便村。

沈際飛《草堂詩餘續集》卷上：精切。

又云：後叠弱，可移贈妓。

俞陛雲《唐五代兩宋詞選釋》：《古今詞話》云：「詞爲繼立周后作也。」幽情麗句，固爲側艷之詞，賴次首末句以迷夢結之，尚未違貞則。

喜遷鶯

曉月墮，宿雲微〔一〕，無語枕憑（頻）欹。夢回芳草思依依〔二〕。天遠雁聲稀〔三〕。

啼鶯散，餘花亂〔四〕，寂寞畫堂深院〔五〕。片紅休掃儘從伊〔六〕，留待舞人歸。

【注釋】

〔一〕曉月二句：快要天亮時的景象。

〔二〕芳草：指所懷念的人。牛希濟《生查子》詞：「記得緑羅裙，處處憐芳草。」把羅裙與芳草一方面幫助説明這句的意義。

並提，意思就很明顯。晏幾道《泛清波摘遍》詞：「楚天渺，歸思正如亂雲，短夢未成芳草。」可以從另

〔三〕天遠句：雁能傳書，雁來未必有書，現在連雁聲都很少，没有音信更不消説。

〔四〕啼鶯二句：是説鳥散聲歇，餘花亂落。謝朓《遊東田》詩：「鳥散餘花落。」句意正同。餘花，是春後的花。謝朓這詩上句是「魚戲新荷動」，又邢邵《三日華林園公宴》詩：「新萍已冒沼，餘花尚滿枝。」均可證。

〔五〕畫堂：見前《菩薩蠻》「花明月黯籠輕霧」注。

〔六〕儘從伊：即是任由他，由他去。

這是抒寫懷念一個歡愛的女子的小詞。前半是説通宵夢想，消息沉沉，很覺難過。後半更從冷静堂院同時又是滿地艷紅的極不調和的氛圍中描繪出矛盾衝突的心境。這樣，儘管有觸目傷心的落花（過去的人是把花象徵美人，落花象徵美人的遭遇的）也就索性不掃了。爲什麽不掃落花呢？第一，要留給歡愛的人看看，好花到了這個地步是多麽可惜，來引起她的警惕；第二，要讓歡愛的人明白，惜花的人對此又是多麽難堪，來引起她的憐惜。總之，希望從這裏來感動她，以後不再遠離。説來雖很簡單，意義却很深長的。陸淞《瑞鶴仙》詞有這麽一段：「陽臺路迥（一作「遠」），雲雨夢，便無準。待歸來，先指花梢教看，欲把心期（心願）細問，問因循（隨隨便便，不稍改變）過了青春，怎生

意穩（安）？」説得很透闢，雖懷念的對象有所不同，表達男女間的心情，正可互相印證。

【校勘】

〔曉〕侯本作「晚」。

〔墮〕吴本、吕本、侯本、蕭本、《尊前集》、《花草粹編》、《全唐詩》、《歷代詩餘》、《詞譜》均作「墜」。

〔宿雲〕《尊前集》、《歷代詩餘》、《詞譜》均作「宿烟」。

〔憑欹〕吕本、蕭本、《尊前集》、《全唐詩》、《歷代詩餘》、《詞譜》均作「頻欹」。粟香室覆侯本注：「案，『憑』疑當作『頻』。」作「頻」較好，《烏夜啼》「燭殘漏滴頻欹枕」句，正作「頻」。

〔深院〕吴本誤作「深浣」。

【集評】

俞陛雲《唐五代兩宋詞選釋》：此二詞（此首及《采桑子》「亭前春逐紅英盡」）殆亦失國後所作。春晚花飛，宫人零落，芳訊則但祈入夢，落紅則留待歸人，皆極寫無聊之思。《采桑子》詞之眉頭不放暫開，殆受歸朝後禁令之嚴，微有怨詞耶？

采桑子

庭前春逐紅英盡〔一〕，舞態徘徊。細雨霏微，不放雙眉時暫開。　綠窗冷靜芳英(音)斷，香印成灰〔二〕。可奈情懷，欲睡朦朧入夢來。

【注釋】

〔一〕紅英：即紅花。

〔二〕香印：打上印的香。元稹詩「香印白灰銷」可證。「香印」也有作「印香」的。王建《香印》詩：「閑坐印香燒，滿户松柏氣。」題是「香印」而詩作「印香」，説明這兩種用法是一樣的意義。

這是春天懷人的詞。前段説落花飛舞，細雨迷濛，觸動了愁懷。後段説静待消息，無可奈何，形於夢寐。

【校勘】

調名，《詞譜·采桑子》調下注：「唐『教坊曲』有《楊下采桑》，調名本此。《尊前集》注羽調，《樂府雅詞》注中吕宫。南唐李煜詞名《醜奴兒令》，馮延巳詞名《羅敷媚歌》，賀鑄詞名《醜奴兒》，陳師道詞名《羅敷媚》。」據此，則《詞譜》編者所見本與此不同。《花草粹編》、《續集》均題作「春思」。

〔庭前〕吕本、侯本、蕭本、《尊前集》、《花草粹編》、《續集》、《全唐詩》、《歷代詩餘》均作「亭前」。

〔細雨〕吕本缺「細」字；蕭本、舊鈔本作「零雨」。

〔霏微〕《尊前集》作「霏霏」。

〔芳英〕各本均作「芳音」。按，作「芳音」是對的，作「芳英」恐因音近而訛。

〔可奈〕《花草粹編》作「可賴」。吴本誤作「可奎」。

【集評】

陳廷焯《詞則·別調集》卷一：幽怨。

長相思

曾端伯集《雅詞》以爲孫霄之作，非也〔一〕。

雲一緺〔二〕，玉一梭〔三〕，澹澹衫兒薄薄羅，輕顰雙黛螺〔四〕。 秋風多，雨相和，簾外芭蕉三兩窠〔五〕。夜長人奈何！

【注釋】

〔一〕曾端伯：名慥，南宋初温陵人，著有《類説》、《皇宋詩選》、《樂府雅詞》、《高齋漫録》等。《樂府雅詞》三卷，《拾遺》二卷（據涵芬樓影印鈔校本。粤雅堂本《雅詞》六卷，《拾遺》二卷），有自序，作於宋高宗紹興丙寅上元日，即紹興十六年（一一四六）夏曆正月十五日。這首詞收入《拾遺》上，前一首署孫肖之作，這首不署作者姓名，因《雅詞》有不署名即同上的體例（如汪彦章的《小重山》、《點絳唇》之類），「二主詞」的編者因在標題下注出並加以否定。調名，《雅詞》作《長相思令》，旁注：「一作李後主詞。」（涵芬樓影印鈔校本無旁注，這是據粤雅堂本的。）調下注，侯本注於篇末。

〔二〕雲一緺：雲，指頭髮。緺，《説文》：「綬，紫青色也。」這裏是指飾髮用的紫青色的絲絛。《草堂詩餘續集》注：「《史記》：二千石佩青緺綬。緺，綬文也。」

〔三〕玉一梭：指扎髮用的玉簪之屬。

〔四〕顰：皺眉。　黛螺：青緑色的顔料，古代婦女用以畫眉。

〔五〕窠：同棵，植物一株叫一窠。

這詞是描寫所懷念的一個女子的容貌、裝束、意態和自己的難堪的心情。前段勾畫了一個乖巧玲瓏、豐韻很好的女子的形象。後段從一個秋夜裏風雨打動了芭蕉的特殊環境中表達出懷念這女子的難堪的心情。抒情重點在結句。由於先塑造了足以觸動情懷的周遭景物，然後纔歸結到無可奈何的情況，這情況便具有足够的感染力量。有人認爲只是客觀的描寫，前半寫一個值得愛慕的女子，後半是寫她的環境和心情，也可通。

【校勘】

調下注，侯本注在篇末。

〔孫霄之〕蕭本與南詞本同，《樂府雅詞》和其他各本均作「孫肖之」。吴本誤作「孫質之」。

〔緺〕侯本作「纙」，字不可識，恐係形訛。粟香室覆侯本作「羅」，不合，因下有「羅」韻。《樂府雅詞》作「鬝」，趙聞禮《陽春白雪》（《粤雅堂叢書》本，後同）作「窩」。

〔衫兒〕《陽春白雪》作「春衫」。

〔相和〕《續集》、《全唐詩》、《歷代詩餘》均作「如和」。

〔三兩窠〕蕭本作「三四棵」。

【集評】

卓人月《古今詞統》卷三：徐士俊云：「雲一緺，玉一梭」，緣飾尤佳。

陳廷焯《雲韶集》卷一：字字綺麗。結五字婉曲。

陳廷焯《詞則・閑情集》卷一：情詞凄婉。

柳枝

風情漸老見春羞〔一〕，到處芳魂感舊遊；多謝長條似相識，强垂烟穗拂人頭〔二〕。

《墨莊漫録》云：後主書此詞於黄羅扇上，賜宫人慶奴，實《柳枝詞》也，故録於此。

【注釋】

〔一〕風情：風月的情緒，也即意味着男女在風晨月夕談情説愛的情事。

〔二〕烟穗：烟籠着的穗，形容很茂密，和「柳如烟」、「柳生烟」的用法一樣。穗，植物的花實結聚在莖端的叫「穗」。

【校勘】

〔芳魂〕邵博《邵氏聞見後録》(《津逮秘書》本)、《墨莊漫録》均作「消魂」。

〔多謝〕顧起元《客座贅語》(《金陵叢刻》本)、劉繼增補均作「多見」。

〔烟穗〕《邵氏聞見後録》、《墨莊漫録》均作「烟態」。

【附録】

張邦基《墨莊漫録》卷二：「江南李後主常於黄羅扇上書賜宫人慶奴云：『風情漸老見春羞，到處消魂感舊遊；多謝長條似相識，强垂烟態拂人頭。』想見其風流也。扇至今傳在貴人家。」（《稗海》本。按，《西溪叢話》、《客座贅語》、《六硯齋三筆》記此略同；《邵氏聞見後録》「余嘗見南唐李侯撮襟書宫人慶奴扇云……」。）

漁父

浪花有意千重雪，桃李無言一隊春。一壺酒，一竿身，世上如儂有幾人。

【校勘】

〔浪花有意〕《花草粹編》、《詞譜》均作「閬苑有情」。
〔千重雪〕《花草粹編》、《歷代詩餘》、《詞譜》均作「千里雪」。

〔身〕劉補本作「輪」。

〔世上〕《花草粹編》、《歷代詩餘》、《詞譜》均作「快活」。

又

一櫂春風一葉舟〔一〕，一綸繭縷一輕鈎〔二〕。花滿渚〔三〕，酒滿甌〔四〕，萬頃波中得自由。右二闋見《全唐詩》、《歷代詩餘》，筆意凡近，疑非後主作也。彭文勤《五代史注》引《翰府名談》，張文懿家有《春江釣叟圖》，衛賢畫，上有李後主《漁父》詞二首云云，此即《全唐詩》、《歷代詩餘》之所本，但字句小有不同，兹從《五代史注》所引改正。

【注釋】

〔一〕櫂：划船的工具。短的叫楫，長的叫「櫂」。

〔二〕一綸繭縷：指釣魚的綫。綸，比絲粗的叫「綸」。繭縷，即絲縷。

〔三〕渚：即小洲，江上、河上的小塊陸地。

〔四〕甌：平底深椀（碗，盌）。陶穀《清異録》：「耀州陶匠創造一等平底深椀，狀簡古，號小海鷗。」陸羽《茶經》：「盌，越州上，鼎州次……晉杜毓《荈賦》所謂『器擇陶揀，出自東甌』。甌，越也。」或者從形象看，或者從産地説，都是解釋「甌」字的由來。是古代一種飲器。

【校勘】

上二闋《漁父》，《翰府名談》、《花草粹編》、《全唐詩》、《歷代詩餘》均作後主作。《歷代詩餘》調名《漁歌子》。《花草粹編》題作「供奉衛賢《春江釣叟圖》」，於李後主名下注：「金索書。」第二闋末注：「見《五代畫品補遺》。」

【附録】

《宣和畫譜》卷八：「衛賢，長安人，江南李氏時爲内供奉，長於樓觀人物。嘗作《春江圖》，李氏爲題《漁父》詞於其上。」（《學津討原》本）

【集評】

俞成《螢雪叢説》卷上：杜詩「丹霞一縷輕」，李後主《漁父》詞「繭縷一鈎輕」，胡少汲詩「隋堤烟雨一帆輕」；至若騷人於漁父則曰「一蓑烟雨」，於農夫則曰「一犁春雨」，於舟子則曰「一篙春水」，皆曲盡形容之妙也。

擣練子令　出《蘭畹曲令》〔一〕

深院静，小庭空，斷續寒砧斷續風〔二〕。無奈夜長人不寐，數聲和月到簾櫳〔三〕！

【注釋】

〔一〕《碧鷄漫志》卷二：「《蘭畹曲會》，孔寧極先生之子方平所集，序引稱無爲莫知非，其自作者稱魯逸仲，皆方平隱名，如子虚、烏有、亡是之類。孔平日自號滍皋漁父，與姪處度齊名，李方叔詩酒侣也。」《宋詩紀事》卷三十四：「孔夷字方平，號滍皋先生，元祐中隱士，劉攽、韓維之畏友。」這書久已散佚，周泳先輯得一卷，在《唐宋金元詞鈎沉》中。

〔二〕砧：即擣衣石。婦人在擣衣時往往因看到衣服就思念她的離家的丈夫，詩人就把這種特殊的事件一般化，作爲引動别情的東西。又因秋風起，天氣寒，更易感到孤寂的難堪而懷念離人，爲要使這一形象更具體、更深刻，就搭上了一個「寒」字，成爲「寒砧」。

〔三〕簾櫳：掛着竹簾的格子窗。

這是一首離懷別感的集中表現。院静庭空，風寒襲人，砧聲不斷，月照簾櫳——每一種情景都是能够引動離懷別感的，作者只用「無奈夜長人不寐」一句，就像紅絲般把這一切情景都串連起來，這不寐人的離懷別感的深度和强度就突現在人們的眼前。這種運用高度概括的藝術手法來表現無比深厚的思想感情，正是古典作家的傑出的成就。

【校勘】

調名，《尊前集》、《花草粹編》、《花間集補》、《全唐詩》均無「令」字。

這詞《尊前集》以爲馮延巳作，《詞譜》同。按，《陽春集》不載這詞。《花草粹編》題作「聞砧」，《續集》題作「秋閨」。《歷代詩餘・搗練子》調名下注：「一名『深院月』，又名『深夜月』（《詞律》、《全唐詩》均無「深夜月」）。李煜秋閨詞有『斷續寒砧斷續風』之句，遂以『搗練』名其調。」那麽，《詩餘》編者所見本也是題作「秋閨」的。

「出蘭畹曲令」，吴本、吕本、蕭本作「出蘭畹曲會」。《花草粹編》注在篇末，無「出」字。侯本作「曲金」，字體模糊不清。粟香室覆侯本作「曲金」，注：「案，原注『曲金』字不可解，疑有誤。」案，侯本疑即「曲會」的形訛。

〔無奈〕《尊前集》作「早是」，《續集》注：「一作早是。」

〔人不寐〕《尊前集》作「人不寢」。

【集評】

楊慎《詞品》卷一：詞名《擣練子》，即咏擣練，乃唐詞本體也。

陳廷焯《雲韶集》卷一：古人以詞名爲題，他本增「秋閨」二字，殊屬惡劣。

俞陛雲《唐五代兩宋詞選釋》：曲名《擣練子》，即以咏之，乃唐詞本體。首二句言聞擣練之時，院静庭空，已寫出幽悄之境。三句賦擣練。四、五句由聞砧者説到砧聲之遠遞。通首賦擣練，而獨夜懷人情味，摇漾於寒砧斷續之中，可謂極此題之能事。楊升庵謂舊本以此曲爲《鷓鴣天》之後半首，尚有上半首云：「塘水初澄似玉容，所思還在别離中。誰知九月初三夜，露似珍珠月似弓。」案，《鷓鴣天》調，唐人罕填之。況「塘水」四句，全於擣練無涉，升庵之説未確。但露珠月弓，傳誦詞苑，自是佳句。

謝新恩　已下六首真迹在孟郡王家〔一〕

金窗力困起還慵。　餘缺

【注釋】

〔一〕孟郡王：孟忠厚，字仁仲，隆祐太后（孟氏，哲宗趙煦的皇后）兄，高宗紹興七年（一一三七）封信安郡王，《宋史》有傳（卷四百六十五）。

【校勘】

〔已下六首〕蕭本作「已下七詞」，吴本作「已下六詞」。

又

秦樓不見吹簫女〔一〕，空餘上苑風光〔二〕。紛英含蕊自低昂〔三〕。東風惱我，纔發一衿香〔四〕。　瓊窗夢□留殘日〔五〕，當年得恨何長！碧闌干外映垂楊。暫時相見，如夢懶思量。

【注釋】

〔一〕秦樓句：相傳秦穆公時，有叫簫史的善吹簫，穆公的女兒弄玉喜歡他，穆公就把弄玉配給簫史，弄玉從簫史學吹簫，簫聲清亮，引動了鳳，夫婦駕鳳飛去。後人因此把「鳳去樓空」作爲樓中人去、睹物懷人的代語。

〔二〕上苑：飼養禽獸林木，是古代帝王遊獵的場所。

〔三〕紛英含蕊：泛指花卉。　低昂：低猶下，昂猶高，意即高下。

〔四〕一衿香：「衿」同襟。一襟香，是以人的感受説明香的程度的。有許多不能指出具體形象的東西，詩人就用這樣的方法表現出來，如一襟風（楊萬里《中秋後一夕登清心閣》詩「吹高半輪月，正賴一襟風」）、一襟離恨（張養浩《留別鄉里諸友》詩「一襟離恨東州路」）之類。一説，堂後（北）叫背，堂前（南）叫襟，「一襟香」即指堂前一面有香，所以用「纔發」。

〔五〕瓊窗：精緻華美的窗子。瓊，本美玉，這裏作精美解。

這是思念一個女人的小詞。一開首就很明白地指出：風光依舊，所歡不見。前段寫眼前景物，而用「自低昂」、「惱我」等，就滲透着自己的觀點和感受在裏面。後段寫懷舊心情，而聯繫着「碧闌干外映垂楊」這一境界，仍和眼前景物相一致。煞尾説到「如夢懶思量」，就見出相思結果還只是相思，這味道已怕再嚐下去了，真有説不盡的苦處！

【校勘】

調下注，侯本在「冉冉秋光留不住」首的末尾，作「已上六詞墨迹在孟郡王家」。

〔紛英〕吴本誤作「粉英」。

〔含蕊〕各本作「金蕊」。

〔一衿香〕吴本、吕本、侯本均作「一矜香」，恐誤。蕭本作「一枝香」。

〔瓊窗夢□留殘日〕吴本、吕本、《歷代詩餘》均作「瓊窗夢留殘日」；侯本作「瓊窗夢箇殘日」；劉箋本作「瓊窗□夢留殘日」。

〔懶思量〕吴本作「嫩思量」，侯本作「娥思量」，誤。

粟香室本注：「案，此詞似有訛字。」

王國維校勘記：「此首實係《臨江仙》調。」

又

櫻花落盡階前月，象床愁倚薰籠〔一〕。遠似去年今日恨還同。　雙鬟不整雲憔悴〔二〕，淚沾紅抹胸〔三〕。何處相思苦？紗窗醉夢中。

【注釋】

〔一〕象床：以象牙爲飾的床叫「象床」。　薰籠：同熏籠。在熏爐的上面覆以籠，就叫熏籠。

《東宮舊事》：「太子納妃，有漆畫熏籠二，大被熏籠三，衣熏籠三。」説明貴族婦人的生活工具是有這種配備的。

〔二〕雲憔悴：連上「雙鬟」看，恐是指頭髮蓬鬆。頭髮蓬鬆和顔色憔悴，都是没有光澤的表徵，因把用在顔色憔悴的字眼移用到頭髮去。

〔三〕抹胸：掩在胸前的小衣，一名金訶子。《太真外傳》：「金訶子，抹胸也。」俗名叫做「兜肚」。

這是描寫一個女人思念男人的情況。首先描繪了一幅最能引動懷念遠人的畫面：櫻花滿地，春光轉眼就過去了，明月當空，又照着空房獨守的人。在這樣的環境中，想起自己的年華易逝，想起兩人的愉快生活，就會觸景傷情，不能不縮到房子裏去「愁倚薰籠」了。「去年今日恨還同」，更説明了像這樣的情況已不止一年，進一步加深加長了恨的表現。「女爲悦己者容」，所愛的人既然不見，怎麽不首如飛蓬，淚沾抹胸呢？這形象很生動也很真實。末兩句以相思的苦況作結。

【校勘】

〔薰籠〕侯本作「熏籠」。

〔遠似〕吴本、吕本、侯本、蕭本均作「遠是」。

劉繼增箋：「此闋字句敚（脱）誤，無别本可校。」

又

庭空客散人歸後，畫堂半掩珠簾。林風淅淅夜厭厭〔一〕。小樓新月，回首自纖纖〔二〕。下缺。春光鎮在人空老，新愁往恨何窮！下缺（金窗力困起還慵），一聲羌笛，驚起醉怡容。

【注釋】

〔一〕淅淅：風聲。厭厭：即厭厭，長久的意思，略同「漫漫」。

〔二〕纖纖：細小。這裏是形容新月。

【校勘】

調名，《詞譜》在《臨江仙》調名下注：「李煜詞名《謝新恩》。」又在所録張泌詞後注：「又李煜詞，後段起句『春光鎮在人空老』，宋柳永詞本之，皆與此詞平仄全異。至平仄小異者，李煜詞前後段第二句『蝶翻輕粉雙飛』，『望殘烟草低迷』，『蝶』字、『望』字俱仄聲，『輕』字、『烟』字俱平聲。」

「纖纖」下注「下缺」，劉箋本、《詞譜》均無注。

「何窮」下注「下缺」，劉箋本空七個字。《花草粹編》、《歷代詩餘》均作「金窗力困起還慵」，《詞譜》作「金刀力困起還慵」。〔還慵〕《花草粹編》誤作「還墉」。

〔醉怡容〕蕭本下注「下缺」。

蕭本、朱本把此詞分爲二闋。

王國維校勘記：「此亦《臨江仙》調。」

又

櫻花落盡春將困，秋千架下歸時。漏暗二字又疑是「滿階」。斜月遲遲花在枝。缺十二字。徹曉紗窗下，待來君不知。

【校勘】

〔櫻花〕吴本、吕本、侯本均作「櫻桃」。

〔漏暗〕吕本、侯本均脱「暗」字。注「疑是」，侯本作「疑曰」。吕本作「疑日」，似係「是」字殘體。

又

冉冉秋光留不住，滿階紅葉暮。又是過重陽，臺榭登臨處。茱萸香墜，紫菊氣，飄庭户，晚烟籠細雨。嗈嗈新雁咽寒一作愁。聲，愁恨年年長相似。

【校勘】

這詞蕭本於「紫」字斷句分作二疊，吴本、吕本、《歷代詩餘》、徐本立《詞律拾遺》均不分二疊。《歷代詩餘》注：「單調，五十一字，止李煜一首，不分前後段，存以備體。」《詞律拾遺》作「補調」，末注：「此詞不分前後疊，疑有脱誤。葉本於『處』字分段。」（按，「葉本」指葉申薌《天籟軒詞譜》。）「紫菊」至「細雨」，有人在「飄」字斷，「户」字不斷。劉繼增箋：「此闋既不分段，亦不類本調，而他調亦無有似此填者。按，以上六詞，原注謂出孟郡王家墨迹，疑當時紙幅斷爛，録者謹依，錯簡如此。」

〔嗈嗈〕吕本、侯本均作「雝雝」。蕭本作「嗈嗈相」，疑衍一「相」字。

〔咽寒〕侯本「咽」作「烟」，脱「寒」字，注：「一作『愁』。」吕本「寒」下注：「一作『愁』。」

〔相似〕《歷代詩餘》、《詞律拾遺》均作「相侶」。

阮郎歸　呈鄭王十二弟，後有隸書東宮府書印〔一〕。

東風吹水日銜山，春來長是閑。落花狼籍酒闌珊〔二〕，笙歌醉夢間。　珮聲悄〔三〕，晚妝殘。憑誰整翠鬟〔四〕？留連光景惜朱顏，黄昏獨倚闌。南詞本漏此闋，從侯刻名家詞補。

【注釋】

〔一〕唐圭璋箋：「吕本、南詞本並題作呈鄭王十二弟，惟南詞本注尚有『後有隸書東宮府書印』。劉箋云：『案，歐陽修《五代史》，李煜封弟從善韓王，從益鄭王；陸游《南唐書》益作鎰，鄭作鄧；馬令《南唐書》鄭亦作鄧，而無鄭王。考李燾《續通鑑長編》，開寶四年十一月癸巳朔江南國主遣其弟鄭王從善來朝貢；又徐鉉《騎省集》有太尉中書令鄭王從善詩。據此，則鄭王當是從善，云從益者非也。』王國維云：『按，《五代史·南唐世家》從益封鄭王，在後主即位之後，此既云呈鄭王，復有東宮府印，殊不可解。不知史誤，抑手迹僞也。』邵長光云：『據馬、陸書，韓王從善爲元宗第七子，鄧王從鎰爲第八子，從善使宋被留，後主手疏放歸，不許，嘗作《却登高文》以誌哀，從善妻亦以憂卒，非十二弟也。』劉毓盤云：『或非後主作也。』」(《南唐二主詞彙箋》)今按，李煜兄弟封號屢改，煜初即位，封從善爲韓王，後來封鄭王，除劉箋所引外，陸游《南唐書》卷三也有「開寶四年……遣太尉中書令鄭王從善朝貢」的説法。陸書「從……鄧王從善爲韓王」，《騎省集》卷六「紀國公封鄧王加司空制」有「第七子某識度淹通」句，均可證明從善曾封鄧王。從善是初封鄧王，繼而徙封韓王，後來又徙封鄭王的。至於説從善是李璟第七子就不能説「十二弟」，也恐未必。古人排行，有連姊妹或者同祖並排以誇盛大的(唐人詩題常看到，近人間中也有這種排法)。如果認爲這「十二弟」不符合事實，那末，李煜文中有《送鄧王二十六弟牧宣城序》(見《全唐文》卷一百二十八)就更不可理解了。

〔二〕闌珊：衰落的意思。

〔三〕珮聲悄：環珮的聲音已悄靜了。

〔四〕翠鬟：把頭髮總束後盤起來叫鬟。翠是緑色。鬟叫翠鬟好像髮叫緑髮一樣。「整翠鬟」其實就是梳頭的意思。歐陽修《生查子》詞：「含羞整翠鬟，得意頻相顧。」(一作張先詞)也是把「整翠鬟」當成梳頭的用法。

這是獨居無歡的生活和心情的表白。前段寫一任芳春虛度，無心欣賞、取樂。後段寫幽獨無偶，對景自憐。

【校勘】

這詞又見馮延巳《陽春集》，歐陽修《近體樂府》。《樂府雅詞》歸入歐陽永叔詞。

調名下注，吴本、吕本、侯本、蕭本均分注兩處，在調名下注「呈鄭王十二弟」。篇末注「後有隸書東宫書府印」。《花草粹編》調名下注：「一名《醉桃源》、《碧桃春》。」此注移在篇末。《正集》調名下注：「一名《醉桃源》。」題作「春景」，注：「呈鄭王十二弟。」宋校也題作「春景」。

〔吹水〕《近體樂府》、《樂府雅詞》均作「臨水」。《近體樂府》羅泌校：「一作『吹水』。」《陽春集》「吹」下注：「别作『臨』。」

〔長是〕《詞譜》作「長自」。

〔落花〕《陽春集》作「林花」，注：「别作『落』。」

〔珮聲悄〕《陽春集》、《近體樂府》、妙選、陳校、毛訂、《正集》、《歷代詩餘》、《詞譜》均作「春睡覺」。《陽春集》注：「别作『佩聲悄』。」「悄」字吴本誤作「惜」。

〔憑誰〕《陽春集》、《近體樂府》、妙選、陳校、宋校、《正集》、《詞譜》均作「無人」。《陽春集》注：「别作『憑誰』。」

〔惜〕《陽春集》作「喜」，注：「别作『惜』。」

〔獨〕妙選、陳校、毛訂、宋校均作「人」。《陽春集》注：「别作『人』。」侯刻《陽春集》這詞篇末注：「《蘭畹集》誤作晏同叔。」

篇末注，係王國維補入，非南詞本原文。

【附録】

陸游《南唐書》卷十六：「從善字子師，元宗第七子。……開寶四年遣朝京師，太祖已有意召後主歸闕，即拜從善泰寧軍節度使，留京師，賜甲第汴陽坊。……後主聞命，手疏求從善歸國。太祖不許，以疏示從善，加恩慰撫，幕府將吏皆授常參官以寵之。而後主愈悲思，每憑高北望，泣下霑襟，左右不敢仰視。由是歲時遊燕，多罷不講。嘗製《却登高文》曰：『玉斝澄醪，金盤綉餻，茱房氣烈，菊蕊香豪。左右進而言曰：惟芳時之令月，可籍野以登高。矧上林之伺幸，而秋光之待褒乎？予告之曰：昔予（按，《全唐文》作「時」）之壯也，意如馬，心如猱（《全唐文》無此六字），情槃樂恣，驩賞忘勞。悁心志於金石，泥花月於詩騷。輕五陵之得侶，陋三秦之選曹。量珠聘妓，紉綵維艘。被牆宇以耗帛，論丘山而委糟。年年不負登臨節，歲歲何曾捨逸遨。小作花枝金剪菊，長裁羅被翠爲袍（《全唐文》無此四句）。豈知萑葦乎性（《全唐文》無此四字），忘長夜之靡靡；宴安其毒（《全唐文》無此四字），累大德於滔滔。今予之齒老矣！心悽焉而忉忉（《全唐文》無此兩句）：愴家艱之如燬，縈離緒之鬱陶。陟彼岡兮跂予足，望復關兮睇予目。原有鴒兮相從飛，嗟予季兮不來歸。空蒼蒼兮風悽悽，心躑躅兮淚漣洏。無一驩之可作，有萬緒兮（《全唐文》作「以」）纏悲。於戲噫嘻！爾之告我，曾非所宜。』從善妃屢詣後主號泣。後主聞其至，輒避去。妃憂憤而卒。國人哀憐之。國亡改授右神武大將軍。太平興國初改右千牛衛上將軍。雍熙四年卒，年四十八。」

【集評】

沈際飛《草堂詩餘正集》卷一：意緒亦似歸宋後作。

卓人月《古今詞統》卷六：徐士俊云：後主歸宋後，詞常用「閑」字，總之閑不過耳，可憐。

李廷機《草堂詩餘評林》卷一：李後主著作頗多，而此尤傑出者。

俞陛雲《唐五代兩宋詞選釋》：詞爲十二弟鄭王作。開寶四年，令鄭王從善入朝，太祖拘留之。後主疏請放歸，不允，每憑高北望，泣下沾襟。此詞春暮懷人，倚闌極目，黯然有鴒原之思。煜雖孱主，亦性情中人也。

清平樂

別來春半，觸目柔腸斷。砌下落梅如雪亂，拂了一身還滿。　雁來音信無憑〔一〕，路遥歸夢難成。離恨恰如春草，更行更遠還生。

【注釋】

〔一〕雁來句：古代有憑雁足傳書的故事（見《漢書・蘇武傳》），因之看見雁就聯想到音信。這句是説雁雖然來了，但没有音信。

這是在春天懷念遠人的作品。前段從春天憶別，觸景傷情説起。「砌下」兩句極力寫出撩亂情懷的景物，景物寫得愈突出，情緒體現得更飽滿。後段「雁來」句從這裏没有音信説；「路遥」句從對方難成歸夢説。結尾總説離恨綿綿無盡期。用春草的隨處生長來比離恨，很自然也很切合。這不但説明愁恨之多，「野火燒不盡，春風吹又生」（白居易句）的春草，在本質上和愁恨也有共通之點。何況「王孫遊兮不歸，春草生兮萋萋！」（《楚辭》：淮南小山《招隱士》句）春草本來就是引動離情的景物。這種又精深、又形象的手法的運用，是李煜的高度的藝術成就的一種表現，是值得我們仔細體會的。當然，對所憶念的人没有深摯的感情，根本就不可能產生這樣的作品。有人説，這是李煜憶念他弟弟從善入宋不歸的作品。我們把《却登高文》聯繫起來看，這説法是可信的。

【校勘】

《續集》題作「憶別」。

〔柔腸〕吴本、吕本、侯本、蕭本、《尊前集》、《花庵詞選》、《花草粹編》、《續集》、《詞綜》、《全唐詩》、

《歷代詩餘》均作「愁腸」。

〔砌下〕毛本《尊前集》作「砌半」。

〔恰如〕毛本《尊前集》作「怯如」；《續集》、《全唐詩》均作「却如」。

【集評】

卓人月《古今詞統》卷五：徐士俊云：末二句從杜詩「江草喚愁生」句來。

沈際飛《草堂詩餘續集》卷上：是「恨如芳草，剗盡還生」稿子。

譚獻《詞辨》卷二：「泪眼問花花不語，亂紅飛過秋千去」，與此同妙。

陳廷焯《雲韶集》卷一：歐陽公「離愁漸遠漸無窮，迢迢不斷如春水」，從此脱胎。

俞陛雲《唐五代兩宋詞選釋》：上段言愁之欲去仍來，猶雪花之拂了又滿；下段言人之愈離愈遠，猶草之更遠還生，皆加倍寫出離愁。且借花草取喻以渲染詞句，更見婉妙。六一詞之「行人更在青山外」，東坡詩之「但見烏帽出復没」，皆言極目征人，直至天盡處，與此詞春草句，俱善狀離情之深摯者。

采桑子　二詞墨迹在王季宫判院家〔一〕

轆轤金井梧桐晚〔二〕，幾樹驚秋〔三〕。晝雨新愁〔四〕！百尺蝦鬚在玉鈎〔五〕。璚窗春斷雙蛾皺〔六〕，回首邊頭〔七〕，欲寄鱗遊〔八〕，九曲寒波不泝流〔九〕。

【注釋】

〔一〕二詞：指這首並下面《虞美人》「風迴小院庭蕪緑」首。

〔二〕轆轤句：轆轤，見前《應天長》注。這句是以梧桐樹來表明時節的，梧桐樹生在井邊，故帶説金井，井上有轆轤，故帶説轆轤。古人往往金井、梧桐並用來體現秋天的懷感，如李白《贈别舍人弟臺卿之江南》詩「去國客行遠，還山秋夢長。梧桐落金井，一葉飛銀床」；王昌齡《長信秋詞》詩「金井梧桐秋葉黄」之類都是。

〔三〕幾樹句：是説秋風起驚動了多少樹木，也表現了樹木經風的形象。

〔四〕晝雨句：晝雨是白晝的雨。雨是引愁的東西，同時雨絲的綿密也比象新愁的繁多，所以「晝雨」和「新愁」並提。

〔五〕蝦鬚：因簾的形象像蝦鬚般，即以蝦鬚代簾用。《正集》注：「蝦鬚，簾也。」蘇易簡詩：「蝦鬚半捲天香散。」是同樣的用法。　玉鈎：見李璟《浣溪沙》第一首注。這句是説長簾閑掛着。

〔六〕璚：即瓊，見前《謝新恩》注。　春：是象徵一切美好的景物和情事。　蛾：指蛾眉。

〔七〕邊頭：指偏遠的地方。

〔八〕鱗遊：指書信。古樂府：「客從遠方來，遺我雙鯉魚。呼童烹鯉魚，中有尺素書。」後人因叫書信做雙鯉或魚信。這裏又以「鱗遊」代鯉魚傳書。

〔九〕泝：逆流而上叫「泝」。

這詞是抒寫秋愁無限，離情難寄。前段用一些具體景物勾畫出秋愁，並實寫客居獨處，愁心緊閉，無從排遣的環境。後段承上意更進一步説斷送了美好生活，已覺難挨，想把這心情寫上書信，寄給遠人，路途曲折遥遠，更無從達到。

【校勘】

這詞楊慎《詞林萬選》歸入牛希濟詞。

調名，《類編》、《花間集補》、毛訂、《正集》、宋校均作《醜奴兒令》。《類編》注「一名《羅敷令》，一名《采桑子》」（《正集》「令」作「媚」，餘同）。《類編》、《花草粹編》、毛訂、《正集》、宋校均題作「秋怨」。

調下注，吕本同。侯本注在「風迴小院」首的末尾，多「以上」二字。

〔驚秋〕《詞林萬選》作「經秋」。

〔晝〕劉繼增箋：「一作舊。」

〔新愁〕《詞林萬選》、《類編》、《嘯餘譜》、毛訂、宋校均作「和愁」。《正集》、《花間集補》、《全唐詩》、《歷代詩餘》均作「如愁」。《正集》「如」下注：「一作『和』，誤。」

〔在〕《詞林萬選》、《類編》、《花草粹編》、《花間集補》、《嘯餘譜》、毛訂、《正集》、《全唐詩》、《歷代詩餘》、宋校均作「上」。

〔九曲〕吴本「曲」字空格。侯本缺「曲」字。蕭本作「九月」。

【集評】

沈際飛《草堂詩餘正集》卷一：何關魚雁山水，而詞人一往寄情，煞甚相關。秦、李諸人，多用此訣。

俞陛雲《唐五代兩宋詞選釋》：上闋宫樹驚秋，捲簾凝望，寓懷遠之思。故下闋云「回首邊頭」，音書不到，當是憶弟鄭王北去而作，與《阮郎歸》調同意。此詞墨迹在王季宫判院家。《墨莊漫録》稱後主書法「遒勁可愛」，可稱書詞雙美。此調《詞譜》作《醜奴兒令》。

虞美人

風迴小院庭蕪緑，柳眼春相續〔一〕。憑闌半日獨無言，依舊竹聲新月似當年。

笙歌未散尊前在〔二〕，池面冰初解〔三〕。燭明香暗畫樓深，滿鬢清霜殘雪思難任〔四〕！

【注釋】

〔一〕柳眼：柳芽初茁長時叫柳眼。　春相續：是説今年的春接上去年的春。

〔二〕尊前：即指酒筵。

〔三〕池面句：春天回陽舒暖，池面的冰漸漸消融。

〔四〕滿鬢清霜殘雪：霜雪形容白，是説滿頭鬢髮都白了。　難任：難堪的意思。

這詞是抒寫春天的愁思。從春天的景物寫起。説「春相續」，便有無窮境界從蟬聯中透露出來。説「獨無言」，便包藴着無誰共語和不堪言説的痛苦心情。説「似當年」，便見得當年在同樣的景況中是如何值得依戀，也顯示出「獨無言」的痛苦心情是在苦樂懸殊的對比中産生出來的。像這樣的寫法，是多麽概括！多麽精煉！「笙歌」以下把境界擴大了，是從「竹聲新月似當年」引出來的。自上段的「半日」、「新月」到下段的「燭明香暗」，把整個活動的過程都緊密地貫穿着，所以儘管從各個方面表現了錯綜複雜的情事和景物，結構却很嚴密、完整。篇末總説愁思的難堪和愁思得衰老的樣子。古人往往用鬢髮白來表明愁思的結果的，李白《秋浦歌》的「白髮三千丈，緣愁似箇長」是很明顯的例證。

【校勘】

〔尊前〕《續集》、《詞綜》、《全唐詩》、《歷代詩餘》、《詞譜》、粟香室覆侯本均作「尊罍」。《古今詩餘醉》作「金罍」。

〔畫樓〕吕本作「畫堂」，吴本、劉箋本作「畫歌」，《詞譜》作「畫闌」。

〔思難任〕《續集》、《全唐詩》、《詞譜》均作「思難禁」。

【附録】

沈際飛云：「此亦在汴京憶舊乎？」（見《草堂詩餘續集》眉評）

【集評】

沈際飛《草堂詩餘續集》卷下：華疏采會，哀音斷絶。

卓人月《古今詞統》卷八：徐士俊云：此君「花明月暗」之外，復有「燭明香暗」。

《詞辨》卷二：終當以神品目之。

俞陛雲《唐五代兩宋詞選釋》：五代詞句多高渾，而次句「柳眼春相續」及上首《采桑子》之「九曲寒波不溯流」琢句工煉，略似南宋慢體。此詞上、下段結句，情文悱惻，淒韻欲流。如方干詩之佳句，乘風欲去也。

烏夜啼

昨夜風兼雨，簾幃颯颯秋聲〔一〕。燭殘漏滴頻欹枕〔二〕，起坐不能平。　世事漫隨流水，算來一夢浮生。醉鄉路穩宜頻到〔三〕，此外不堪行。

【注釋】

〔一〕簾幃：簾，是遮窗户用的，用竹織成。幃，用布做成的帳幕之屬。　颯颯：風雨的聲音。

〔二〕漏滴：古人計算時刻，用銅壺盛水，底穿一孔滴水，中間插一枝箭，箭上刻有度數，壺裏的水漸漸減少，箭上所刻的度數也漸漸顯露出來，就這樣來看出時刻。夜深人靜，漏聲越聽得分明。　頻欹枕：頻，是時常如此。欹，是傾側。古人用「欹枕」多是愁恨時的表現，如魏承班《訴衷情》詞「欹枕卧，恨何賒」，范仲淹《御街行》詞「殘燈明滅枕頭欹，諳盡孤眠滋味」之類，都是明顯的例子。這句連下句是説，夜裏睡也不成，坐也不成，表示心情難過，坐卧不安。

〔三〕醉鄉：唐王績喜飲酒，著《醉鄉記》。這句連下句是説「醉鄉」的路子很平穩，應該時常去，别的地方都不堪行。其實就是説應該時常醉酒，利用酒的麻醉來忘却愁悶。

這是寫愁悶難堪時的實際生活和心理活動。前段從引動愁悶的風雨説到長夜裏坐卧不安，是寫實在的情況。後段是寫心願。這時真覺得世間一切都算不得什麽，隨着流水飄蕩，像夢一般過去，只有可以排除愁悶的酒還值得依戀。

【校勘】

調名，《全唐詩》作《錦堂春》，注：「一名《烏夜啼》。」

〔漏滴〕吕本、《詞譜》均作「漏斷」，吴本、侯本「漏」下空一字。

〔一夢〕吕本、蕭本作「夢裏」。吴本無「一」字。

【集評】

俞陛雲《唐五代兩宋詞選釋》：此調亦唐教坊曲名也。人當清夜自省，宜嗔癡漸泯，作者(輾)轉起坐不平，雖知浮生若夢，而無徹底覺悟，惟有借陶然一醉，聊以忘憂。此詞若出於清談之名流，善懷之秋士，便是妙詞。乃以國主任兆民之重，而自甘頹棄，何耶？但論其詞句，固能寫牢愁之極致也。

臨江仙

櫻桃落盡春歸去，蝶翻金粉雙飛〔一〕，子規啼月小樓西〔二〕。畫簾珠箔〔三〕，惆悵卷金泥〔四〕。　門巷寂寥人去後，望殘烟草低迷。□□□□□□□□□□□□□□□□（鑪香閑裊鳳凰兒，空持羅帶，回首恨依依！）《西清詩話》云：「後主圍城中作此詞，未就而城破，嘗見殘稿，點染晦昧，心方危窘，不在書耳。」按，《實録》：「開寶七年十月伐江南，明年十一月破昇州。此詞乃詠春，決非城破時作。然王師圍昇州既一年，後主於圍城中春作此詞不可知，方是時，其心豈不危急！」

【注釋】

〔一〕金粉：原義是鉛粉，婦女妝飾用，這裏指蝴蝶的翅膀。

〔二〕子規：鳥名，即杜鵑。古代傳説，它本來是叫「鵑」的，因爲是蜀國的皇帝名杜宇的魂魄所化，纔叫「杜鵑」。它的聲音淒厲，又時常在深夜叫，心情不愉快、夜間睡不着的人聽了很不好過，因之要抒寫悲苦的心境的時候往往用它。　啼月：是説在月夜啼。

〔三〕 珠箔：即珠簾。《西京雜記》：「昭陽殿織珠爲簾，風至則鳴，如珩珮之聲。」（程榮校《漢魏叢書》本）

〔四〕 卷金泥：指卷起金泥顏色的簾箔。謝綽《宋拾遺》：「戴明寶歷朝寵倖，家累千金，大兒驕淫，爲五色珠簾，明寶不能禁。」（見《格致鏡原》卷五十三）可見簾是可以有各種顏色的。

這詞的大意，是從看到春盡時的景物引出自己難堪的情狀。

【校勘】

〔春歸去〕吳本無「去」字。

〔櫻桃句〕《墨莊漫録》卷七引作「櫻桃結子春（光）歸盡」。

〔金粉〕《耆舊續聞》卷三、《堯山堂外紀》、《花草粹編》、《詞綜》、賀裳《皺水軒詞筌》（《詞話叢編》據增補賴古堂刊本）引《詞統》注、《全唐詩》、《詞林紀事》均作「輕粉」。

〔畫簾珠箔〕《耆舊續聞》、《墨莊漫録》、《花草粹編》、《詞綜》、《全唐詩》、《詞林紀事》均作「玉鉤羅幕」；《樂府紀聞》作「玉鉤牽幕」（見《歷代詩餘》，後同）；《堯山堂外紀》、《皺水軒詞筌》均作「曲闌珠箔」；《苕溪漁隱叢話前集》、《詩話總龜後集》、王仲暉《雪舟諓語》（商務排印本《説郛》卷五十七作《雪舟脞語》，注「先名《甕天脞語》」，署名邵桂子，注：「字玄同，嚴陵人。」）與宛委山堂本《説郛》不同）引《西清詩話》、《南唐拾遺記》均作「曲欄金箔」（商務本「欄」作「瓊」）。

〔卷金泥〕《耆舊續聞》引、《花草粹編》、《詞綜》、《全唐詩》、《詞林紀事》均作「暮烟垂」，《皺水軒詞筌》「增補古詞」條引作「揜（掩）金泥」。

〔門巷〕《耆舊續聞》引、《詞綜》、《全唐詩》、《詞林紀事》均作「別巷」；《樂府紀聞》作「門掩」。

〔人去後〕《耆舊續聞》、《堯山堂外紀》引、《樂府紀聞》、《花草粹編》、《皺水軒詞筌》引、《詞綜》、《全唐詩》、《詞林紀事》均作「人散後」。

〔低迷〕《樂府紀聞》、《皺水軒詞筌》引均作「淒迷」。吕本在「迷」下注：「『珠箔』下缺一字，『低迷』下少三句。」

空格十六字，《花草粹編》、《詞綜》、《全唐詩》、《詞林紀事》均照《耆舊續聞》補入。《粹編》在篇末引《續聞》和《西清詩話》；《詞綜》注劉延仲補入的句子在篇末。

原注「方是時其心豈不危急」九字，吕本無。

【附録】

陳鵠《耆舊續聞》卷三：「蔡絛作《西清詩話》，載江南後主《臨江仙》云：『圍城中書，其尾不全。』以余考之，殆不然。余家藏李後主七佛戒經及雜書二本，皆作梵葉，中有《臨江仙》，塗注數字，未嘗不全，其後則書太白詩（《詞林紀事》引作「詞」）數章，似平日學書也。本江南中書舍人王克正家物，後歸陳魏公之孫世功君懋。余陳氏婿也。其詞云：『櫻桃落盡春歸去，蝶翻輕粉雙飛。子規啼月小樓西，玉鈎羅幕，惆悵暮烟垂。别巷寂寥人散後，望殘烟草低迷。鑪香閑裊鳳凰兒，空持羅帶，回首恨依依！』後有蘇子由題云：『淒涼怨慕，真亡國之聲（《詞林紀事》引作「音」）也。』」（《知不足齋叢書》本）案，夏承燾云：「據此，乃後主書他人詞，非其自作。」（見《南唐二主年譜》）

張邦基《墨莊漫録》卷七：「宣和間蔡寶臣致君收南唐後主書數軸來京師，以獻蔡絛約之。其一乃王師攻金陵，城垂破時，倉皇中作一疏禱於釋氏，願兵退之後，許造佛像若干身，菩薩若干身，齋僧若干萬員，建殿宇若干所，其數皆甚多。字畫潦草，然皆遒勁可愛，蓋危窘急中所書也。又有看經發願文，自稱蓮峯居士李煜。又有長短句《臨江仙》云：『櫻桃結子春（光）歸盡，蝶飜金粉雙飛。子規啼月小樓西，玉鈎羅幕，惆悵捲金泥！門巷寂寥人去後，望殘烟草低迷。』而無尾句。劉延仲爲補之云：『何時重聽玉驄嘶，撲簾飛絮，依約夢回時。』」（《稗海》本「櫻桃」句作八字，顯然衍出一字。《叢書集成初編》據《稗海》本排印，於「光」字作（　）號，姑從之。）

破陣子

四十年來家國〔一〕，三千里地山河〔二〕；鳳閣龍樓連霄漢〔三〕，玉樹瓊枝作烟蘿〔四〕。

幾曾識干戈？　一旦歸爲臣虜，沈腰潘鬢銷磨〔五〕。最是倉皇辭廟日〔六〕，教坊猶奏別離歌〔七〕，垂淚對宮娥〔八〕！東坡云：後主既爲樊若水所賣，舉國與人，故當慟哭於九廟之外，謝其民而後行。顧乃揮淚宮娥，聽教坊離曲哉！

【注釋】

〔一〕四十句：南唐自公元九三七年開國至九七五年李煜作這詞時，已近四十年。

〔二〕三千句：馬令《南唐書·建國譜》，南唐「共三十五州之地，號爲大國」。

〔三〕鳳閣龍樓：指帝王所居的樓閣。

〔四〕烟蘿：草樹茂密，烟聚蘿纏，通叫「烟蘿」。以上兩句是説宮殿建築得很高，裏面的樹木很多。

〔五〕沈腰：《南史·沈約傳》：「（約）與徐勉素善，遂以書陳情於勉，言已老病，百日數旬，革帶常應移孔，以手握臂，率計月小半分。欲謝事求歸老之秩。」後來因把「沈腰」作爲腰肢瘦減的代詞。潘鬢：潘岳《秋興賦》：「斑鬢髮以承弁兮。」斑是斑白。後來因把「潘鬢」作爲鬢髮斑白的代詞。以上兩句是説，一旦做了俘虜，在哀愁苦惱中銷磨日子，腰肢就會漸瘦，鬢髮就會漸白了。

〔六〕辭廟：古代帝王把自己的祖先供奉在廟裏，「辭廟」是表示辭別了祖先，即是離開了祖先創建的國家。

〔七〕教坊：唐初設置於宫禁中，掌理妓樂。唐玄宗（李隆基）開元二年（七一四）復置内教坊於蓬萊宫側，京都（長安）置左右教坊。

〔八〕宫娥：即宫女。古帝王縱情淫樂，宫娥常至數千人。《隋遺録》：「帝（隋煬帝楊廣）嘗幸昭明文選樓，車駕未至，先命宫娥數千人昇樓迎侍。」李煜宫娥的名字，現可考見的有黄保儀、流珠、喬氏、慶奴、薛九、宜愛、意可、窅娘、秋水、小花蕊等人（據夏承燾《南唐二主年譜》。夏先生不列意可名，而所舉《海録碎事》有「意可亦後主宫人也」句，現補入）。

這是李煜描述離開南唐時的一種情事。前段是説自己一輩子在南唐這樣的國家裏完全不懂得戰爭是怎麽一回事。證以當時的吴國和代吴而起的南唐有較長時期不被戰禍，以及李煜是一個「生於深宫之中，長於婦人之手」的人，這種説法是符合事實的。後半是説一旦做了俘虜，在愁苦中消磨時日，身體必然是瘦削了，鬢髮必然是斑白了；而尤覺難堪的是，當慌慌張張辭别太廟的時候，教坊女樂還奏起别離的歌曲，只對着宫娥流淚這一個場面。就李煜生平的生活環境和他所寫的許多小詞看，這種説法也可能是真實的。從這裏，多少可以看出李煜的人物性格和特殊作風。有人爲了要迴護他在國家淪亡的關頭，不該全無心肝的還在「垂淚對宫娥」，因而認爲這決非李煜詞。並説他當曹彬下江南時，曾令積薪宫中，誓言若國家淪亡，當携家人赴火死，來證實這詞係出於後人的僞作

（袁文《甕牖閒評》）。這種離開作者的生活實踐和作品的具體表現來談作品的真僞，是不妥當的。「幾曾識干戈」已經不是任何一個人都説得出了，「垂淚對宫娥」，則尤非一般没有帝王的生活體驗的士大夫們所能設想得到。李煜有没有發過誓要與國家共存亡，發過誓後是否就會實踐，這一些暫且不論（馬令《南唐書》是這樣記載過的），但他降宋則是無可否認的事實。所以我認爲像這樣鮮明地刻誌着李煜的個性和作風的作品，是不應該看成是僞作的。

【校勘】

〔四十年來〕《東坡志林》（《叢書集成》本，後同）卷四《跋李王詞》、《南唐拾遺記》（《昭氏叢書》本，後同）引均作「三十餘年」；《希通録》引《志林》作「二十餘年」（宛委山堂本、商務本《説郛》同）；《詞苑叢談》引作「三十年餘」。

〔三千〕《東坡志林》、《希通録》引、《南唐拾遺記》引、《詞苑叢談》引均作「數千」。

〔里地〕《南唐拾遺記》引作「里外」。

〔鳳閣〕《南唐拾遺記》引、《全唐詩》、《詞林紀事》均作「鳳闕」。

〔連霄漢〕蕭本奪「漢」字。

〔玉樹瓊枝〕吕本作「瓊枝玉樹」。按，《東坡志林》、《希通録》、《苕溪漁隱叢話》、《詩話總龜》引東坡語在「山河」下均無「鳳閣」兩句。

〔識干戈〕《東坡志林》、《希通録》引、《南唐拾遺記》引、《詞苑叢談》引均作「慣干戈」。《苕溪漁隱叢話》引作「慣見干戈」（芸經樓仿宋本、《海山仙館叢書》本同，恐衍「見」字）。蕭本奪「識」字。

〔臣虜〕《詞苑叢談》引作「臣妾」，《詞林紀事》作「臣僕」。

〔教坊猶奏别離歌〕「猶奏」，《花草粹編》、《全唐詩》、《詞林紀事》均作「獨奏」，《兩般秋雨盦隨筆》引作「不堪重聽教坊歌」。　案，梁紹壬隨筆所引，恐係誤記，未必别本如此。

〔垂淚〕《東坡志林》及《容齋隨筆》、《希通録》、袁文《甕牖閒評》（《聚珍版叢書》本，後同）、《南唐拾遺記》、《詞苑叢談》、《兩般秋雨盦隨筆》引東坡語均作「揮淚」。

【附録】

袁文《甕牖閒評》卷五：「蘇東坡記李後主去國詞云：『最是倉皇辭廟日，教坊猶奏别離歌，揮淚對宫娥！』以爲後主失國，當慟哭於廟門之外，謝其民而後行；乃對宫娥聽樂，形於詞句！余謂此決非後主詞也，特後人附會爲之耳。觀曹彬下江南時，後主豫令宫中積薪，誓言若社稷失守，當携血肉以赴火。其厲志如此，後雖不免歸朝，然當是時更有甚教坊，何暇對宫娥也！」

毛先舒《南唐拾遺記》：「案，此詞或是追賦。倘煜是時猶作詞，則全無心肝矣！至若揮淚聽歌，特詞人偶然語。且據煜詞，則揮淚本爲哭廟，而離歌乃伶人見煜辭廟而自奏耳。」

【集評】

蘇軾《東坡志林》卷四：「三十餘年家國……」後主既爲樊若水所賣，舉國與人，故當慟哭於九廟之外，謝其民而後行，顧乃揮淚宫娥，聽教坊離曲哉！

洪邁《容齋隨筆》卷五：東坡書李後主去國之詞云：「最是倉皇辭廟日，教坊猶奏别離歌。垂淚對宫娥。」以爲後主失國，當慟哭於廟門之外，謝其民而後行，乃對宫娥聽樂，形於詞句。予觀梁武帝啓侯景之禍，塗炭江左，以至覆亡。乃曰：「自我得之，自我失之，亦復何恨？」其不知罪己，亦甚矣！竇嬰救灌夫，其夫人諫止之。嬰曰：「侯自我得之，自我捐之，無所恨。」梁武帝用此言而非也。

毛先舒《南唐拾遺記》：案，此詞或是追賦。倘煜是時猶作詞，則全無心肝矣。至若揮淚聽歌，特詞人偶然語。且據煜詞，則揮淚本爲哭廟，而離歌乃伶人見煜辭廟而自奏耳。

梁紹壬《兩般秋雨盦隨筆》卷二：譏之者曰倉皇辭廟，不揮淚於宗社而揮淚於宫娥，其失業也宜矣。不知以爲君之道責後主，則當責之於垂淚之日，不當責之於亡國之時。若以填詞之法繩後主，則此淚對宫娥揮爲有情，對宗社揮爲乏味也。此與宋蓉塘譏白香山詩謂憶妓多於憶民，同一腐論。

望江梅

閑夢遠，南國正芳春：船上管絃江面淥〔一〕，滿城飛絮輥輕塵〔二〕。忙殺看花人！

閑夢遠，南國正清秋：千里江山寒色遠，蘆花深處泊孤舟〔三〕。笛在月明樓〔四〕。

【注釋】

〔一〕渌：很清的水。

〔二〕輥：車輪轉得很快叫「輥」。

〔三〕泊：船附岸叫「泊」。

〔四〕笛在句：是說月明之夜在樓中吹笛。這情事給人很深的印象，所以特别提出來。趙嘏《長安晚秋》詩有「長笛一聲人倚樓」句，人家就稱他做「趙倚樓」。可見一般有這種看法，不僅是個人的偏愛。

這是李煜入宋後眷戀南唐的心情的一種表現。寫的雖然只是美妙的境界，由於他對這美妙的境界的夢想和愛慕，就滲透着現場生活孤寂難堪的情味；寫的雖然只是芳春和清秋中的個别的景物情事，由於他抓住了最具有代表性的最動人的東西作精細的刻畫，就體現出整個美麗的南國的全貌。

【校勘】

這詞《全唐詩》、《歷代詩餘》均分爲二首，和下《望江南》均歸在一調下，合四首。《全唐詩》調名《憶江南》，《歷代詩餘》調名《望江南》。《花草粹編》把這詞列在《望江南》下，但不分爲二首。

〔淥〕各本均作「緑」。

〔輥〕呂本作「滾」，蕭本、舊鈔本、《花草粹編》、《全唐詩》、《古今詩餘醉》均作「混」。

〔忙殺〕《花草粹編》、《全唐詩》均作「愁殺」。

〔清秋〕《歷代詩餘》作「新秋」。

〔寒色遠〕《全唐詩》、《歷代詩餘》均作「寒色暮」。

【集評】

陳廷焯《詞則·别調集》卷一：寥寥數語，括多少景物在内。

望江南

多少恨，昨夜夢魂中：還似舊時遊上苑〔一〕，車如流水馬如龍〔二〕。花月正春風！

多少淚，斷臉復橫頤〔三〕。心事莫將和淚説，鳳笙休向淚時吹〔四〕。腸斷更無疑！

【注釋】

〔一〕上苑：見前《謝新恩二》注。

〔二〕車如句：是説車馬很多，絡繹不絶。

〔三〕頤：面頰。「斷臉復横頤」是眼淚縱横交流的狀態。

〔四〕鳳笙：相傳簫史、弄玉夫婦吹簫，簫聲引動了鳳（參見前《謝新恩二》注）。後人就把這「鳳」字套在笙簫上面，表示是很好的樂器。

這是李煜入宋後的作品。恨煞夢裏的繁華景象，怕提舊事，怕聽細樂，都深刻地表達出當時悲苦的心境。

【校勘】

這詞《尊前集》、《全唐詩》、《歷代詩餘》都分爲二首。《花草粹編》注：「一名《夢遊仙》、《夢江南》、《江南好》。」張綖《詩餘圖譜》（汲古閣本，後同）調下注：「一名《夢江南》、《夢江梅》。」説明：「前段五句三韻二十七字。」又：「後段同前。」《嘯餘譜》注：「一名《望江梅》，即《夢江南》後加一疊，雙調。」《全唐詩》、《詞譜》均作《憶江南》。

〔還似〕《花間集補》作「還是」。

〔斷臉〕《全唐詩》作「霑袖」。

〔和淚説〕《花草粹編》作「如淚滴」，《全唐詩》作「和淚滴」。

〔淚時吹〕《花草粹編》作「月時吹」，《全唐詩》作「月明吹」。

【集評】

楊慎《詞品》卷二：唐詞「眼重眉褪不勝春」，李後主詞「多少淚，斷臉復横頤」，元樂府「眼餘眉剩」，皆祖唐詞之語。

陳廷焯《詞則·别調集》卷一：後主詞一片憂思，當領會於聲調之外。君人而爲此詞，欲不亡國，得乎？

俞陛雲《唐五代兩宋詞選釋》：此詞在唐時爲單調，至宋時始爲雙調。後主詞本單調爲兩首，故前、後段各自用韻。「車水馬龍」句爲時傳誦。當年之繁盛，今日之孤凄，欣戚之懷，相形而益見，兩首意本一貫也。

烏夜啼

林花謝了春紅〔一〕，太匆匆！無奈朝來寒雨晚來風。　　臙脂淚，留人醉，幾時重〔二〕？自是人生長恨水長東！

【注釋】

〔一〕謝：即辭去，花落又叫「花謝」。這句是説林花已辭謝春天的紅艷，即是已經飄落了。針對辭謝的語氣，所以下面接着説「太匆匆」。

〔二〕臙脂淚：「臙」即「胭」，女人臉上搽胭脂，淚流過臉就成爲「臙脂淚」。這裏是承上落花説，語意雙關。在「留人醉」的時候爲什麼會流淚呢？這是表示無限依戀，不忍分别的意思。蘇軾《木蘭花令》詞：「故將别語惱佳人，要看梨花枝上雨（比象佳人流淚）。」很具體地體現了女人惜别時的情態，和這句意可互相印證。

這首詞怕也是李煜入宋後所作。前段寫景物，雖是寫客觀的景物，但用「太匆匆」，用「無奈」，句意便轉向主觀的感受，而不是徒作客觀的描寫。融景入情，景爲情使，是抒情而不是體物，景物只是作者所選用的素材，雖是特殊而帶有普通的意義。讀者在這裏所感染到的是美好的東西横遭摧毁，並不限於「林花」，「林花」的命運如此，其他和「林花」同樣命運的都如此。後段轉到人事，把「林花」值得留戀比象女人留醉，也是舉出一種最悽艷動人的事件來説的，個别而帶有一般的性質，不局限於這一事件。從這些方面去理解，就有足够的力量來表現「人生長恨水長東」這樣的一個意義極爲深廣的主題思想了。

【校勘】

調名，《樂府雅詞》作《憶真妃》，《花草粹編》把這詞歸入《相見歡》，在李後主下注《烏夜啼》。

〔匆匆〕吴本誤作「忽忽」。

〔無奈〕吕本、蕭本、舊鈔本、侯本均作「常恨」。劉箋本作「□恨」。

〔寒雨〕吕本、蕭本作「寒重」。吴本、侯本「寒」下空一字。

〔晚來風〕吴本作「曉來風」。

〔留人醉〕《樂府雅詞》、《花草粹編》、《詞綜》、《全唐詩》均作「相留醉」。

〔自是〕《樂府雅詞》作「到了」。粤雅堂本《樂府雅詞》注：「原本『到了』二字誤。」又在此句末注：「李後主作。」

【集評】

譚獻《詞辨》卷二：前半闋濡染大筆。

陳廷焯《詞則·大雅集》卷一：後主詞，凄婉出飛卿之右，而騷意不及。

俞陛雲《唐五代兩宋詞選釋》：後主爲樊若水所賣，舉國與人。詞借傷春爲喻，恨風雨之摧花，猶逆臣之誤國，迨魁柄一失，如水之東流，安能挽滄海尾閭，復鼓回瀾之力耶！

子夜歌

人生愁恨何能免？銷魂獨我情何限！故國夢重歸，覺來雙淚垂！　高樓誰與上？長記秋晴望。往事已成空，還如一夢中。

馬令《南唐書·後主書第五》注：「後主樂府詞云：『故國夢初歸，覺來雙淚垂！』又云：『小園昨夜又西風，故國不堪翹首月明中！』皆思故國者也。」這是李煜入宋後抒寫亡國哀思的作品。前段是説人生都不免有愁恨，而我的情懷更覺難堪，這是泛指一般的情況。夢回故國，一覺醒來便流淚，這是專指特殊的情況。後段緊接特殊情況推進一層説，本來故國是不堪回首的，可是老是記着以前秋高氣爽的時候跟人在樓上眺望的情事。現在叫誰跟我一起呢？看來舊事全是空幻的，只是像一場大夢罷了。從悲痛之極，無可奈何，歸結到人生如夢，便覺真摯動人。

【校勘】

調名，《尊前集》、《詞綜》均無「歌」字。吕本、《全唐詩》均作《菩薩蠻》。毛本《尊前集》調名下注：「即《菩薩蠻》。」

〔重歸〕馬令《南唐書·後主書》注作「初歸」。

〔誰與上〕舊鈔本作「誰與共」。吴本、侯本「與」下空一字。

《花草粹編》在篇末有注，見前「尋春須是先春早」首的「校勘」。

【集評】

陳廷焯《雲韶集》卷一：悠悠蒼天，此何人哉！

俞陛雲《唐五代兩宋詞選釋》：起句用翻筆。明知難免，而自我消魂，愈覺埋愁之無地。馬令《南唐書》本注謂「故國」二句與《虞美人》詞「小樓昨夜」二句「皆思故國者也」。

浪淘沙　傳自池州夏氏

往事只堪哀！對景難排。秋風庭院蘚侵階〔一〕。一任珠簾閑不捲〔二〕，終日誰來？　金瑣已沈埋〔三〕，壯氣蒿萊〔四〕！晚涼天净月華開。想得玉樓瑶殿影，空照秦淮〔五〕。

【注釋】

〔一〕蘚侵階：苔蘚不應生在階上而生在階上，故説「蘚侵階」，説明了階上久無人行。

〔二〕一任句：任珠簾垂下不捲，説明無人出入。

〔三〕金瑣：即金鎖，原義是金質的鎖鑰，這裏疑指金鎖甲。杜甫《重過何氏》詩：「雨抛金鎖甲，苔卧緑沉槍。」仇兆鰲《杜詩詳注》引薛蒼舒説：「車頻《秦書》：苻堅使熊邈造金銀細鎧，金爲綫以縲之。今謂甲之精細者爲鎖子甲，言相銜之密也。」

〔四〕蒿萊：兩種植物，時常生長在久無人到的屋舍中。這裏和壯氣配合起來説，應作下降、消沉解。梅堯臣《西洛牡丹》詩：「萌芽始見長蒿萊，氣焰旋看壓桃李。」高下比照，意義便很明顯。

〔五〕秦淮：即南京秦淮河，當時屬南唐。河中有畫舫游艇，河岸有歌樓舞館，係金陵（南京）勝地。

這是李煜抒寫入宋後懷念南唐的一種哀痛的心情。前後段都先以無比怨憤的聲調衝激而出，然後通過具體的生活現象和内心活動來表達當時十分難堪的情況。前段寫風景撩人，而珠簾不捲，無誰告語，是日間生活的難堪。後段寫天清月白，想起秦淮河畔的樓殿，只有影兒投入河裏，一切繁華舊事，都成空花，是夜間生活的難堪。日夜並舉，用突出的形象，作高度的概括。

【校勘】

調下注，侯本注在篇末。《續集》題作「感念」。

〔一任〕吴本、吕本、侯本、《花草粹編》、《詞綜》均作「一行」。《全唐詩》、《歷代詩餘》、粟香室覆侯本均作「一桁」。《續集》作「一片」。

〔金瑣已沈埋〕侯本、《花草粹編》、《詞綜》、《全唐詩》、《歷代詩餘》均作「金劍已沉埋」。《續集》作「金斂玉沉埋」。按，作「金斂玉沉埋」，近於纖巧的雕琢，恐因「劍」字誤「斂」字不可解，再改「已」字爲「玉」字。

〔天浄〕吴本、吕本、侯本、蕭本、《花草粹編》、《續集》、《詞綜》、《全唐詩》均作「天静」。

【附録】

沈際飛云：「此在汴京念秣陵事作，讀不忍竟。」（《草堂詩餘續集》眉評）

【集評】

陳廷焯《大雅集》卷一：起五字極凄婉，而來勢妙，極突兀。

陳廷焯《雲韶集》卷一：起五字凄婉，却來得突兀，故妙。凄側之詞而筆力精健，古今詞人誰不低首。

俞陛雲《唐五代兩宋詞選釋》：蘚階簾静，凄寂等於長門。「金鎖」二句有鐵鎖沉江、王氣黯然之慨。回首秦淮，宜其凄咽。唐人《浪淘沙》，本七言斷句，至後主始製二段，每段尚存七言詩二句，蓋因舊曲名而别創新聲也。原注謂此詞昔已散佚，乃自池州夏氏家藏傳播者。

虞美人 《尊前集》共八首，後主煜重光詞也。

春花秋葉何時了〔一〕？往事知多少〔二〕。小樓昨夜又東風，故國不堪回首月明中〔三〕！　雕闌玉砌依然在〔四〕，只是朱顏改〔五〕。問君能有許多愁〔六〕？恰似一江春水向東流。「許多」一作「幾多」。

【注釋】

〔一〕春花秋葉：用春天的花和秋天的葉來代表一年。古人往往用春秋代表年，詞人用起來，就加上「花」、「葉」，使得更具體鮮明罷了。有人從另一本作「春花秋月」，解作一年最好的景物，也即是過着美好生活的時候。何時了：何時纔完了？何時纔到盡頭？

〔二〕往事：指過去最值得回憶的事。如果從「春花秋月」本，是承花前月下的美好生活説。知多少：多多少少都記得，即記得很清楚的意思。如果從「春花秋月」本，作不知其多少解，即記得很多的意思。

〔三〕故國：指南唐。

〔四〕雕闌玉砌：泛指宮殿。雕闌，雕繪的闌干。玉砌，見前《望遠行》注。

〔五〕朱顏改：改變了紅潤的面色，這裏是泛指人事。（王闓運謂「朱顏本是山河」。既説「宮殿」，又説「山河」，恐非本意。）

〔六〕問君：是假設詞，其實就是自己問自己，和「爲問」的意義相同。

這是李煜入宋做俘虜後第二年（九七七）正月寫的。李煜在九七六年正月到汴京受降，距寫這詞時恰恰過了一年，因此，我認爲這詞的開首作「春花秋葉」，解成一年的時節，比之作「春花秋月」解成美好的生活現象更恰當。（「一葉落，天下知秋」，從秋葉所引起的是天寒歲暮之感，和春花配合起來只能是標誌着一年的時節，是不能看成美好景象的。）「往事知多少」解成降宋的慘痛的事件還清楚記得，也比較符合實際情況。就上文的「何時了」和下文的「又東風」、「故國不堪回首」看，思想感情也聯繫得更緊密。即使認爲這詞是再過一年（九七八）的正月寫的，把首句解成一年一年地過去，何時纔到了盡頭？寫出時日很難挨過的情況，也還是合適的。開首寫回憶一年前的事件，如在眼前，很覺難堪。接着纔説明當時的實際情況，是在正月一個月夜裏。「東風」本來是泛指春天，因爲上面用一個「又」字，是説明冬去又春來，一年又開始，所以應該是正月。後段「雕闌」句是承「故國」句説，是回想中的境界，用宫殿概括一切繁華美富的東西，不限於宫殿。「只是」句，用朱顔概括一切過往的人事，不限於容貌。末兩句用「一江春水向東流」的具體形象來説明愁懷的深長，「向東流」是現實也是寄託。

【校勘】

調名，毛本《尊前集》作「《虞美人影》」。

調名下注，吕本同，侯本無。《尊前集》注：「中吕調。」陳校、《類編》、毛訂、《正集》、宋校均題作「感舊」。宋校題下注：「此詞想亦是歸朝後所作。」

「《尊前集》共八首，後主煜重光詞也」，按，毛本《尊前集》録「李王」詞共兩處，一處標明五首，一處標明八首，《望江南》分行寫，仍作一首算，共十三首。朱本《尊前集》録「李王」詞凡三處，《望江南》分爲二首，共十四首。

〔秋葉〕吴本、吕本、侯本、《草堂詩餘》、《花草粹編》、《花間集補》均作「秋月」。（王國維《南唐二主詞校勘記》謂「『秋葉』，『尊前』、『草堂』均作『秋月』」，恐失檢，毛、朱本《尊前集》均作「秋葉」。）劉辰翁《須溪詞·虞美人》凡十八首，其中標明用李後主韻的二首，第一首末句云：「誰唱春花秋葉淚偷流？」則劉辰翁所見的本子也是作「秋葉」的，不僅是《尊前集》、《花庵詞選》和南詞本而已。玄覽齋本《花間集補》作「春月秋月」，上「月」字顯然是錯誤。

〔小樓〕馬令《南唐書·後主書第五》注作「小園」。

〔東風〕同上書作「西風」。按，「西風」不合，各本均作「東風」，恐係馬令一時誤記或刻本有誤。

〔回首〕同上書作「翹首」。

〔依然〕舊鈔本、《花庵詞選》、《草堂詩餘》、《花草粹編》、《花間集補》、《詩餘圖譜》、《嘯餘譜》、《詞綜》、《全唐詩》、《詞林紀事》均作「應猶」。

〔只是〕《正集》「是」下注：「一作『怪』，誤。」那末，《正集》評正者沈際飛還看到一本是作「只怪」的，現在已看不到了。

〔問君〕《尊前集》作「不知」。

〔能有〕吴本、吕本、侯本、蕭本、《尊前集》、《後山詩話》引、宋本《淮海居士長短句・江城子》注引、妙選、《類編》、《花草粹編》、《詩餘圖譜》、《嘯餘譜》、宋校均作「都有」。陳郁《藏一話腴》引、《花庵詞選》、陳校、《花間集補》均作「還有」。《正集》作「却有」，「却」下注：「一作『能』，又作『都』，誤。」

〔許多〕吕本、侯本、《尊前集》、《後山詩話》引、《藏一話腴》引、《淮海居士長短句》注引、《花庵詞選》、《樂府紀聞》、《草堂詩餘》、《花草粹編》、《花間集補》、《詩餘圖譜》、《南唐拾遺記》引、《詞綜》、《全唐詩》、《歷代詩餘》、《詞林紀事》，均作「幾多」。《正集》「幾」下注：「一作『許』。」

〔恰似〕劉筌本、《尊前集》、《類編》、《嘯餘譜》、毛訂均作「恰是」。《正集》「似」下注：「一作『是』，誤。」《嘯餘譜》「是」下注：「當作『似』。」《藏一話腴》引、《淮海居士長短句》注引、《詩餘圖譜》均作「却似」。

妙選、《類編》篇末均附録《雪浪齋日記》。

【附録】

陸游《避暑漫鈔》：「李煜歸朝後，鬱鬱不樂，見於詞語。在賜第七夕，命故妓作樂，聲聞於外（《説郛》本無「聲」字）。太宗怒。又傳『小樓昨夜又東風』及『一江春水向東流』之句（《説郛》本無此

十字），並坐之，遂被禍。」（《古今説海》本）

王銍《默記》上：「徐鉉歸朝爲左散騎常侍，遷給事中。太宗一日問曾見李煜否？鉉對以臣安敢私見之，上曰：『卿第往，但言朕令卿往相見可矣！』鉉遂徑往其居，望門下馬，但（《説郛》本無「但」字）一老卒守門。徐言願見太尉，卒言有旨不得與人接，豈可見也。鉉云：『我乃（《説郛》本無此二字）奉旨來見。』老卒往報。徐入，立庭下。久之，老卒遂入（《説郛》本無「入」字），取舊椅子相對，鉉遥望見（《説郛》本無「望」字），謂卒曰：『但正衙一椅足矣！』頃間，李主（《説郛》本作「王」）紗帽道服而出。鉉方拜，而李主（《説郛》本無此二字）遽下階引其手以上，鉉告辭賓主之禮。主（《説郛》本作「李王」）曰：『今日豈有此禮？』徐引椅稍偏，乃敢坐。後主相持大哭（《説郛》本、《南唐拾遺記》均作「大笑」），乃坐，默不言（《説郛》本作「乃默坐不言」），忽長吁歎曰：『當時悔殺了潘佑、李平！』鉉既去，乃有旨再對（《説郛》本無「乃」字，「再」作「召」），詢後主何言？鉉不敢隱。遂有秦王賜牽機藥之事。牽機藥者，服之，前却數十回，頭足相就如牽機狀也。又後主在賜第，因七夕，命故妓作樂，聲聞於外，太宗聞之大怒。又傳『小樓昨夜又東風』及『一江春水向東流』之句，並坐之，遂被禍云。」

《樂府紀聞》：「後主歸宋後與故宫人書云：『此中日夕只以眼淚洗面。』每懷故國，詞調愈工。其賦《浪淘沙》有云『夢裏不知身是客，一晌貪歡』，『流水落花春去也，天上人間』；其賦《虞美人》有云『問君能有幾多愁？恰似一江春水向東流』。舊臣聞之，有泣下者。七夕在賜第作樂。太宗聞之

怒，更得其詞，故有賜牽機藥之事。」（《歷代詩餘》卷一百十三引）

陳霆《唐餘記傳》：「煜以七夕日生，是日燕飲聲伎，徹於禁中。太宗銜其有故國不堪回首之詞，至是又愠其酣暢，乃命楚王元佐等携觴就其第而助之歡。酒闌，煜中牽機藥毒而死。」按，王銍《默記》謂秦王賜牽機藥，而陳霆《唐餘記傳》謂楚王元佐，兩説不同。彭元瑞《知聖道齋讀書跋》謂陳氏此書全襲陸書。陸書實無此文。夏承燾據《文獻通考》引《江鄰幾雜志》和《宋史·宗室魏王廷美傳》，考定是宋太宗命秦王廷美賜牽機藥，説當可信。

毛先舒《南唐拾遺記》：「詞女紫竹愛綴詞。一日，手李後主集。其父問曰：『後主詞中何處最佳？』答曰：『問君能有幾多愁？恰似一江春水向東流。』」按，此可與荆公問山谷語並傳。

【集評】

陳師道《後山詩話》：王斿，平甫之子，嘗云：今語例襲陳言，但能轉移爾。世稱秦詞「愁如海」爲新奇，不知李國主已云「問君能有幾多愁？恰似一江春水向東流」，但以「江」爲「海」爾。

王楙《野客叢書》卷二十：《後山詩話》載王平甫子斿謂秦少游「愁如海」之句出於江南李後主「問君還有幾多愁，恰似一江春水向東流」之意。僕謂李後主之意，又有所自。樂天詩曰：「欲識愁多少，高於灧澦堆。」劉禹錫詩曰：「蜀江春水拍山流」，「水流無限似儂愁」。得非祖此乎？則知好處前人皆已道過，後人但翻而用之耳。

羅大經《鶴林玉露》卷七：詩家有以山喻愁者，杜少陵云「憂端如山來，澒洞不可掇」，趙嘏云「夕陽樓上山重疊，未抵春愁一倍多」是也。有以水喻愁者，李頎云「請量東海水，看取淺深愁」，李後主云「問君能有幾多愁，恰似一江春水向東流」，秦少游云「落紅萬點愁如海」是也。賀方回云：「試問閑愁知幾許。一川烟草，滿城風絮。梅子黄時雨。」蓋以三者比愁之多也，尤爲新奇，兼興中有比，意味更長。

陳郁《藏一話腴》内編卷上：太白云：「請君試問東流水，别意與之誰短長。」江南後主曰：「問君還有幾多愁，恰似一江春水向東流。」略加融點，已覺精彩。至寇萊公則謂「愁情不斷如春水」，少游云「落紅萬點愁如海」，青出於藍而勝於藍矣。

王世貞《藝苑巵言》：「歸來休放燭花紅，待踏馬蹄清夜月」，致語也。「問君能有幾多愁，恰似一江春水向東流」，情語也。後主直是詞手。

孫緒《沙溪集》卷十三《無用閑談》：李白有詩云：「請君試問東流水，别意與之誰短長。」又曰：「桃花潭水深千尺，不及汪倫送我情。」趙嘏曰：「此時愁望情多少，萬里春流繞釣磯。」李後主曰：「問君都有幾多愁，一江春水向東流。」李、趙皆祖於白者也。

卓人月《古今詞統》卷八：徐士俊云：只一「又」字，宋元以來抄者無數，終不厭煩。

尤侗《蒼梧詞序》：每念李後主「小樓昨夜又東風」，輒欲以眼淚洗面。……詞之能感人如此！

馮金伯《詞苑萃編》卷二引《詞潔》：王介甫問黄魯直，李後主詞何句最佳，魯直舉「問君能有幾多愁，恰似一江春水向東流」。介甫以爲未若「細雨夢回鷄塞遠，小樓吹徹玉笙寒」。介甫之言是矣。顧以專論後主之詞可耳，尚非詞之至也。若總統諸家求其極致，於不食烟火，不落言詮，如女中之有國色，無事矜莊修飾，使當之者忽然自失，而未由仿佛其皎好，其惟太白「暝色入高樓，有人樓上愁」乎？惜乎今之才人，動而不静，往而不返，識此宗趣者蓋寡。

陳廷焯《雲韶集》卷一：一聲慟歌，如聞哀猿，嗚咽纏綿，滿紙血淚。

王闓運《湘綺樓詞選》前編：常語耳，以初見故佳，再學便濫矣。「朱顔」本是山河，因歸宋不敢言耳。若直説「山河改」，反又淺也。結亦恰到好處。

俞陛雲《唐五代兩宋詞選釋》：亡國之音，何哀思之深耶？傳誦禁廷，不加憫而被禍，失國者不殉宗社，而任人宰割，良足傷矣。《後山詩話》謂秦少游詞「飛紅萬點愁如海」出於後主「一江春水」句，《野客叢書》又謂白樂天之「欲識愁多少，高於灧澦堆」，劉禹錫之「水流無限似儂愁」，爲後主詞所祖，但以水喻愁，詞家意所易到，屢見載籍，未必互相沿用。就詞而論，李、劉、秦諸家之以水喻愁，不若後主之「春江」九字，真傷心人語也。

浪淘沙令

簾外雨潺潺〔一〕，春意闌珊〔二〕。羅衾不耐五更寒。夢裏不知身是客，一餉貪惋，未幾下世。

上人間〔五〕！《西清詩話》云：後主歸朝，每懷江國，且念嬪妾散落，鬱鬱不自聊，遂作此詞，含思悽

歡〔三〕。　獨自莫憑闌！無限關山，別時容易見時難〔四〕。　流水落花春去也，天

【注釋】

〔一〕潺潺：雨聲。

〔二〕闌珊：見前《阮郎歸》注。蘇軾《蝶戀花》詞：「春事闌珊芳草歇。」句意更明顯，可互相印證。

〔三〕一餉：見前《菩薩蠻·花明月黯籠輕霧》注。以上三句是說，羅衾薄，寒氣重，已感不支了，在夢中竟不知已客居異地（作了俘虜），還以爲像舊日做帝王時一樣，貪片刻的歡樂。

〔四〕無限二句：借「別易會難」的說法來表示對國家的依戀，意思是說，擁有無限關山的南唐，自和它分別後，已難得再見它了。

〔五〕流水二句：承上句說明別易見難的程度，好像落花隨流水飄蕩，大好春光一去不復返了，一在天上，一在人間，永沒有會面的機緣了！一說像流水飄着落花般把春光全部帶走了，不知是在天上還是在人間？表示迷離惝怳的心境。

這詞的情意很悲苦，應是李煜被俘後感到十分哀痛時寫出來的，《西清詩話》的説法可信。前段實寫當時的生活和感受：聽雨聲，傷春意，感寒重，都是很不好過的。但夢中竟不識趣，忘了自己已經是一個囚徒，一時間還貪戀着帝王般的歡樂生活。在這種截然不同的苦和樂的生活情況對照之下，就越發感到心上的創傷不斷劇痛起來，從而認識到舊日的情事，是不堪回首的了，一回首，只有加深自己的悲痛。因此，後段就自己警告自己説：「獨自莫憑闌！」爲什麽？無限關山，已難再見，正像落花隨流水，一去不復回，天上人間成永訣，難道還堪憑闌眺望嗎？憑闌眺望，勢必回想前事，只有增加悲痛。這在夢裏是没有辦法控制的，受了夢裏的經驗教訓之後，可以自己控制的現實生活，難道還可以很莽撞地不加控制嗎？這是李煜不敢憑闌望的真正的苦衷。正因爲他不敢憑闌望，纔越發體現出他對故國的滅亡是具有何等悲痛的心情！有人認爲李煜在當時只回想舊日的歡樂，貪圖舊日的歡樂，把他「夢裏不知」的情事看成他有意回想的情事，把他害怕接觸到的境界看成他十分願望的境界，這是不符合於這詞的具體表現和作者的真情實意的。

【校勘】

調名，吕本無「令」字；除《詞譜》外，各選本都無「令」字。毛訂、《正集》、宋校均題作「懷舊」，《正集》旁注：「作『春閨』，非。」

〔闌珊〕吴本、吕本、侯本、蕭本、無名氏《金玉詩話》（《説郛》本）均作「將闌」。

〔羅衾〕《正集》「衾」下注：「一作『衣』，誤。」按，現存各本没有作「羅衣」的，可見沈氏所見的本子已遺失了。

〔不耐〕吴本、吕本、侯本、《西清詩話》（見《説郛》本《西清詩話》、《苕溪漁隱叢話前集》引、《詩話總龜後集》引、《金玉詩話》「李後主詞」條雖不標明引《西清詩話》，恐同出一源）、《花庵詞選》、妙選、陳校、《花草粹編》、《花間集補》、《嘯餘譜》、毛訂、《正集》、《詞綜》、宋校均作「不暖（煖、暝）」。《正集》「煖」下注：「一作『耐』。」

「宋校」旁批：「一作『耐』，較穩。」

〔是客〕《花草粹編》作「似客」。

〔一餉〕吕本、侯本、《花草粹編》、《詞綜》、《詞律》、《全唐詩》、《歷代詩餘》、《詞譜》、《詞林紀事》均作「一晌」。吴本作「一向」。

〔莫憑闌〕《金玉詩話》作「倚欄杆」；《花間集補》、《詞綜》、《全唐詩》、《詞林紀事》均作「暮憑闌」。

〔關山〕《花庵詞選》、《草堂詩餘》、《花草粹編》、《花間集補》、《嘯餘譜》、《詩餘圖譜》、毛訂、《詞綜》、《詞律》、《全唐詩》、《歷代詩餘》、《詞林紀事》均作「江山」。

〔春去〕吴本、吕本、侯本、蕭本、《花庵詞選》、《花間集補》、《正集》、《詞綜》均作「歸去」；《西清詩話》作「何處」。吴本、侯本注：「一作『何處』。」吕本在「也」字下注：「一作『何處也』。」《正集》在「歸」字下注：「一作『春』，誤。」宋校篇末附識引陳眉公（繼儒）云：「花歸而人不歸，寓感良深。若作『春去』，便犯『春意』句矣。」

篇末注，「歸朝」，吴本、吕本、蕭本、《苕溪漁隱叢話》、《詩話總龜》等引《西清詩話》、妙選、陳校、《正集》附録《西清詩話》均作「歸朝後」。 侯本無注。

【集評】

沈際飛《草堂詩餘正集》卷一：「夢覺」語妙，那知半生富貴，醒亦是夢耶？末句，可言不可言，傷哉！

卓人月《古今詞統》卷七：徐士俊云：花歸而人不歸，寓感良深，若作「春去也」，便犯春意句。

李攀龍《草堂詩餘雋》卷二：結句「春去也」，悲悼萬狀。

賀裳《皺水軒詞筌》：南唐主《浪淘沙》曰：「夢裏不知身是客，一晌貪歡。」至宣和帝《燕山亭》則曰：「無據。和夢也有時不做。」其情更慘矣。嗚呼！此猶《麥秀》之後有《黍離》也。

郭麐《靈芬館詞話》卷二：綿邈飄忽之音，最爲感人深至。李後主之「夢裏不知身是客，一晌貪歡」，所以獨絶也。

許昂霄《詞綜偶評》：《浪淘沙》全首語意慘然。

譚獻《詞辨》卷二：雄奇幽怨，乃兼二難。後起稼軒，稍傖父矣。

陳廷焯《詞則·大雅集》卷一：結得怨惋，尤妙在神不外散，而有流動之致。

陳廷焯《雲韶集》卷一：憑欄遠眺，百端交集，此詞播之管弦，聞者定當墮泪。

張德瀛《詞徵》卷一：李後主詞「夢裏不知身是客，一晌貪歡」，張蜕岩詞「客裏不知身是夢，只在吴山」，行役之情，見於言外，足以知畦徑之所自。

陳鋭《褒碧齋詞話》：古詩「行行重行行」，尋常白話耳。趙宋人詩亦説白話，能有此氣骨否？李後主詞「簾外雨潺潺」，尋常白話耳。金元人詞亦説白話，能有此纏綿否？

王闓運《湘綺樓詞選》前編：高妙超脱，一往情深。

俞陛雲《唐五代兩宋詞選釋》：言夢中之歡，益見醒後之悲。昔日歌舞《霓裳》，不堪回首。結句「天上人間」三句愴然欲絶，此歸朝後所作。尚有《破陣子》詞，則白馬迎降時作。其詞末句云：「最是倉皇辭廟日……揮泪對宮娥。」人譏其臨别之泪，不揮宗社而對於宮娥。譏之誠當，但詞則紀當時實事，想見其去國慘狀。《浪淘沙令》尤極凄黯之音，如峽猿之三聲腸斷也。

李璟李煜詞補遺

浣溪沙

風壓輕雲貼水飛，乍晴池館燕爭泥。沈郎多病不勝衣〔一〕。　沙上未聞鴻雁信〔二〕，竹間時有鷓鴣啼〔三〕。此情惟有落花知！

【注釋】

〔一〕沈郎句：見前李煜詞《破陣子》首「沈腰」注。不勝衣，説明瘦損不堪，連穿衣都覺得負擔過重，不能勝任，和「弱不禁風」的意義差不多。

〔二〕沙上句：見前李煜詞《清平樂》「雁來音信無憑」注。

〔三〕鷓鴣：鳥名，春天好鳴，鳴聲似「行不得也哥哥」，往往會唤起離人的心緒，因此在寫春天具有離懷别感的詩詞中，就會用到它。

【校勘】

這詞並見延祐雲間本《東坡樂府》（四印齋影印本。毛本不收）。《類編》、《花草粹編》、毛訂、《全唐詩》、《歷代詩餘》、宋校均作李景作。《類編》、《花草粹編》、毛訂、宋校均題作「春恨」。《正集》作蘇東坡作，注：「刻李景，誤。」題作「春晴」，旁注：「或作春恨。」《古今詩餘醉》也題作「春晴」。

〔沙上〕毛訂作「沙土」，誤。

〔未聞〕《東坡樂府》作「不聞」。

〔時有〕《正集》、《全唐詩》、《歷代詩餘》均作「時聽」。《正集》「聽」下注：「一作『有』，誤。」

又

別見《珠玉詞》

一曲新詞酒一杯，去年天氣舊亭臺。夕陽西下幾時回！　無可奈何花落去，似曾相識燕歸來。小園香徑獨徘徊。上二闋見《草堂詩餘》，題中主作。

【校勘】

此詞並見晏殊《珠玉詞》。毛本《珠玉詞》此詞題下注：「向誤入《南唐二主詞》。」《類編》、毛訂、宋校均題李景作；陳校作晏叔原作；《正集》作晏同叔作。宋校附識：「《歷朝詞選》載此詞爲晏元獻公所作，今云李景，似誤。」

陳校、《類編》、《正集》篇末均附録《苕溪漁隱叢話》引《復齋漫録》「晏元獻赴杭州……」條。

【附録】

《苕溪漁隱叢話後集》卷二十「王君玉」條：「《復齋漫録》云：晏元獻赴杭州，道過維揚，憩大明寺。瞑目徐行，使侍吏讀壁間詩板，戒其勿言爵里姓氏。終篇者無幾。又俾誦一詩云：『水調隋宫曲，當年亦九成。哀音已亡國，廢沼尚留名。儀鳳終陳迹，鳴蛙祇廢聲。淒涼不可問，落日下蕪城！』徐問之，江都尉王琪詩也。召至同飯，飯已，又同步池上。時春晚已有落花。晏云：『每得句，書牆壁間，或彌年未嘗强對，且如「無可奈何花落去」，至今未能對也。』王應聲曰：『似曾相識燕歸來。』自此辟置館職，遂躋侍從矣。」

厲鶚《宋詩紀事》卷七晏殊《示張寺丞王校勘》詩：「元巳清明假未開，小園幽徑獨徘徊。春寒不定斑斑雨，宿醉難禁灔灔杯。無可奈何花落去，似曾相識燕歸來。遊梁賦客多風味，莫惜青錢萬選才。」《詞林紀事》附録此詩，張宗橚案云：「中三句與此詞同，只易一字。細玩『無可奈何』一聯，情致纏綿，音調諧婉，的是倚聲家語，若作七律，未免軟弱矣。」

烏夜啼

無言獨上西樓，月如鈎。寂寞梧桐深院鎖清秋〔一〕。剪不斷，理還亂，是離愁〔二〕。別是一般滋味在心頭！見《花庵詞選》，以下皆後主作。

【注釋】

〔一〕寂寞句：秋色籠罩着栽滿梧桐的寂靜的院落。

〔二〕剪不斷三句：用具體的動作來説明離愁千萬縷，無法排遣。

【校勘】

這詞《花庵詞選》、《續集》均作後主作；《花草粹編》引《古今詞話》、《十國春秋》均認爲是孟昶作。《花草粹編》、《續集》、《詞律》調名均作《相見歡》。《續集》李後主下注：「一刻蜀主孟昶。」《詞譜》在《相見歡》調下注：「南唐李煜詞有『無言獨上西樓，月如鈎』句，更名《秋夜月》，又名《上西樓》，又名《西樓子》。」可見《詞譜》作者也認爲是後主作。（趙萬里校輯楊偍《古今詞話》在此詞後案：

「《花庵唐宋諸賢絶妙詞選》引作李後主詞，南詞本《南唐二主詞》無之，楊偍謂爲孟昶作，殆必有據。」）《續集》題作「離懷」。

〔別是〕《花草粹編》作「別有」。《續集》「是」下注：「一作『有』。」

《花庵詞選》調名下注：「此詞最悽惋，所謂『亡國之音哀以思』。」

【集評】

沈際飛《草堂詩餘續集》卷上：七情所至，淺嘗者説破，深嘗者説不破。破之淺，不破之深。「別是」句妙。

茅暎《詞的》卷一：絶無皇帝氣。可人，可人。

陳廷焯《雲韶集》卷一：淒涼況味，欲言難言，滴滴是淚。

陳廷焯《詞則·大雅集》卷一：哀感頑艷。妙，只説不出。

王闓運《湘綺樓詞選》前編：詞之妙處，亦別是一般滋味。

俞陛雲《唐五代兩宋詞選釋》：後闋僅十八字，而腸回心倒，一片淒異之音，傷心人固別有懷抱。《花庵詞選》云：「所謂亡國之音哀以思。」

更漏子

金雀釵〔一〕，紅粉面，花裏暫時相見。知我意，感君憐，此情須問天。香作穗〔二〕，蠟成淚〔三〕，還似兩人心意。珊枕膩〔四〕，錦衾寒〔五〕，夜來更漏殘〔六〕。

【注釋】

〔一〕金雀釵：是釵頭綴上金雀形的釵，古代婦女用來插在頭上。

〔二〕香作穗：頗費解，似指香燒後上端彎下像穗下垂的樣子。

〔三〕蠟成淚：蠟燭燃燒時熔液流下好像垂淚。

〔四〕珊枕：即珊瑚枕。一作「山枕」，枕堆叠如山也。　膩：是污垢的意思。

〔五〕錦衾：即錦被。

〔六〕更漏殘：指接近天亮的時候。

【校勘】

這詞見趙崇祚《花間集》，温庭筠作。《尊前集》歸入李王詞，後人據以輯入《南唐二主詞》，實誤。各選本仍作温庭筠作。

《尊前集》在調下注：「大石調。」

〔暫時〕四印齋影宋本《花間集》作「暫如」。

〔珊枕〕吕本、侯本《花間集》、《尊前集》、《金奩集》（《彊村叢書》本，後同）、《花草粹編》、《歷代詩餘》均作「山枕」。

〔夜來〕《花間集》、《金奩集》、《花草粹編》、《歷代詩餘》均作「覺來」。

又

大石調　《花間集》、《花庵詞選》均作温庭筠。

柳絲長，春雨細。花外漏聲迢遞〔一〕。驚塞雁〔二〕，起城烏〔三〕；畫屏金鷓鴣〔四〕。

香霧薄，透重幙，惆悵謝家池閣〔五〕。紅燭背，綉帷垂〔六〕，夢長君不知！見《尊前集》。

【注釋】

〔一〕漏聲：是銅壺滴水的聲音（參閲前李煜詞《烏夜啼》「昨夜風兼雨」首「漏斷」注）。迢遞：遠的意思。

〔二〕塞雁：是指從塞上飛來的雁。我國古時通常是把邊遠的北方稱作「塞上」。

〔三〕城烏：指宿在城上的烏鴉。

〔四〕畫屏金鷓鴣：「畫屏」就是以彩畫爲飾的屏風，「畫屏金鷓鴣」即屏風上畫着的金鷓鴣。以上是儘量形容漏聲的感動力，連塞雁、城烏都受它感動而驚起，不受感動的只有屏風上畫着的金鷓鴣而已。這麽一來，聽了這種聲音的人的難堪的心境就可想而知了。

〔五〕謝家：泛指閨中的女人。晉謝奕的女兒謝道韞，唐李德裕妾謝秋娘都很有名，後人因把「謝家」代表閨中的女流。

〔六〕綉帷：用金綫綉成的帷幔。帷，帷幔、帳幕之屬，用以隔蔽内外的。

【校勘】

這詞見《花間集》，温庭筠作。《尊前集》歸入李王詞，實誤。各選本仍作温庭筠詞。

調名下，朱本《尊前集》注：「大石調。」毛本《尊前集》注：「大石調。《金荃集》作温飛卿。」

〔絲〕朱孝臧《尊前集》校記：「原本（按，指梅禹金本）絲作絮。」

〔塞雁〕毛本《尊前集》作「寒雁」。
〔城烏〕《尊前集》、劉補本均作「寒烏」。
〔重幙〕《花間集》、《花庵詞選》、《金奩集》、《花草粹編》均作「簾幙」。
〔綉帷〕《花間集》、《花庵詞選》、《金奩集》、《花草粹編》均作「綉簾」。

長相思　別見鄧肅《栟櫚詞》

一重山，兩重山，山遠天高烟水寒，相思楓葉丹〔一〕。　菊花開，菊花殘，塞雁高飛人未還。一簾風月閑。見《草堂詩餘》。

【注釋】

〔一〕相思楓葉丹：丹，紅的顏色。楓，是一種落葉喬木，這種樹一般高二三丈，它的葉子作掌形而三裂，經秋就變成紅色，因此亦叫「丹楓」。「相思楓葉丹」語意雙關，是説相思到楓葉紅的時候，同時也以楓葉紅來比襯相思的愁苦。「慘緑愁紅」、「紅愁緑怨」，詩人是慣於用紅的東西來象徵愁的。

【校勘】

這詞並見鄧肅《栟櫚詞》。《類編》、《花草粹編》、毛訂、《正集》、《歷代詩餘》、宋校均題李後主作。陳校作鄧肅作。妙選不署作者姓名。《草堂詩餘》題作「秋怨」(「陳校」不標題)。

蝶戀花

見《尊前集》。《本事曲》以爲山東李冠作〔一〕。

遥夜亭皋閑信步〔二〕。乍過清明,早覺傷春暮。數點雨聲風約住〔三〕,朦朧淡月雲來去。　桃李依依春暗度,誰在秋千,笑裏低低語?一片芳心千萬緒,人間没個安排處〔四〕。

【注釋】

〔一〕《本事曲》:宋楊繪有《時賢本事曲子集》。李冠:《後山詩話》:「冠,齊人,爲《六州歌頭》道劉項事,慷慨雄偉。劉潛,大俠也,喜誦之。」(《百川學海》本)《花庵詞選》:「李世英名冠,山東人。」《宋詩紀事》卷七「李冠」條:「冠,字世英,歷城人,以文學稱。與王樵、賈同齊名,官乾寧主簿。有《東皋集》。」(《詞林紀事》同)

〔二〕遥夜：即長夜。宋玉《九辯》：「靚杪秋之遥夜兮。」王逸注：「盛陰脩夜。」脩（修），義同長。

皋，是水旁地。信步，猶散步。

〔三〕數點句：雨聲給風束住，即風來雨止。

〔四〕一片二句：是説心緒萬端，人間世上没有一個可以安排它的地方。

【校勘】

這詞並見雙照樓影宋吉州本歐陽修《近體樂府》（毛本《六一詞》不收）。《尊前集》歸入李王詞；《樂府雅詞》歸入歐陽永叔詞。《花草粹編》、《正集》、《全唐詩》、《歷代詩餘》均作李後主作；《花庵詞選》、楊慎《詞品》、陳霆《渚山堂詞話》、《類編》、毛訂、《詞林紀事》、宋校均作李世英作。《花庵詞選》、《類編》、毛訂、《正集》、宋校均題作「春暮」。

調名下注，侯本、《花草粹編》均注在篇末。

〔信步〕吴本、吕本、侯本均作「倒步」。

〔乍過〕《花庵詞選》、《類編》、毛訂、《正集》、《全唐詩》、《詞林紀事》、宋校均作「纔過」。林大椿《近體樂府校記》：「考異『乍過』一作『過了』。」

〔早覺〕《近體樂府》、《樂府雅詞》、《花庵詞選》、《類編》、毛訂、《正集》、《詞林紀事》、宋校均作「漸覺」。

〔傷春暮〕林大椿《近體樂府校記》：「一作『春將暮』。」

〔桃李〕《尊前集》、《近體樂府》、《花庵詞選》、《類編》、毛訂、《詞林紀事》、宋校均作「桃杏」；《近體樂府》注：「一作『李』。」

〔依依〕《近體樂府》、《樂府雅詞》、《花庵詞選》、《類編》、毛訂、《詞林紀事》均作「依稀」。林大椿《近體樂府校記》：「『依稀』一作『無言』。」

〔春暗度〕《尊前集》作「風暗度」，《樂府雅詞》、《花庵詞選》、《類編》、毛訂、《正集》、《全唐詩》、《詞林紀事》、宋校均作「香暗度」。

〔誰在〕《近體樂府》、《樂府雅詞》均作「誰上」。《近體樂府》注：「一作『在』。」林大椿《近體樂府校記》：「『誰』一作『人』。」

〔笑裏〕《尊前集》作「影裏」。

〔低低〕《近體樂府》、《樂府雅詞》、《花庵詞選》、《類編》、毛訂、《正集》、《詞林紀事》、宋校均作「輕輕」。《正集》眉注：「『輕輕』一作『低低』。」

〔一片〕《近體樂府》、《樂府雅詞》、《花庵詞選》、《類編》、《詞林紀事》、宋校均作「一寸」。

〔芳心〕《近體樂府》、《樂府雅詞》、《花庵詞選》、《類編》、毛訂、《詞林紀事》、宋校均作「相思」。《正集》眉注：「『片芳心』一作『寸相思』。」

〔千萬緒〕《詞林紀事》作「千萬縷」。

【集評】

沈際飛《草堂詩餘正集》卷二：（評「數點雨聲」二句）片時佳景，兩語留之。

沈謙《填詞雜説》：「紅杏枝頭春意鬧」、「雲破月來花弄影」，俱不及「數點雨聲風約住，朦朧淡月雲來去。」予嘗謂李後主拙於治國，在詞中猶不失爲南面王。

俞陛雲《唐五代兩宋詞選釋》：上半首工於寫景，風收殘雨，以「約住」二字狀之，殊妙。雨後殘雲，惟映以淡月，始見其長空來往，寫風景宛然。結句言寸心之愁，而宇宙雖寬，竟無容處，其愁寧有際耶！唐人詩「此心方寸地，容得許多愁」，愁之爲物，可謂放之則彌六合，卷之則退藏於密，惟能手得寫出之。

後庭花破子

玉樹後庭前〔一〕，瑶草妝鏡邊〔二〕；去年花不老，今年月又圓。莫教偏，和月和花，天教長少年。陳暘《樂書》云：《後庭花破子》，李後主、馮延巳相率爲之，其詞如上，但不知李作抑馮作也。

【注釋】

〔一〕玉樹：見前李煜《破陣子》注。

〔二〕瑶草：本來有好幾種解釋：仙草、靈芝和香草。這裏的「瑶」是稱美之詞，和上句的「玉」的用法一樣。

【校勘】

這詞並見明弘治高麗刊本《遺山樂府》（張穆、張家鼎兩種刻本均無，見朱孝臧校記）。《花草粹編》收這詞，未標作者姓名。四印齋本《陽春集》補遺後附注：「《詞辨》上卷引陳氏《樂書》曰：『《後庭花破子》，李後主、馮延巳相率爲之。』此詞李作馮作，惜未載明，各本選録李詞，亦無此闋。」《詞譜》録王煇《後庭花破子》後云：「此調創自金元，有邵亨貞、趙孟頫詞及《太平樂府》、《花草粹編》無名氏詞可校。」

〔瑶草〕《遺山樂府》作「瑶華」。

〔和月和花〕《遺山樂府》、《花草粹編》均作「和花和月」。

〔天教〕《遺山樂府》、《花草粹編》均作「大家」。

三臺令

不寐倦長更，披衣出户行；月寒秋竹冷，風切夜窗聲。見《歷代詩餘》引《古今詞話》。

【校勘】

這詞沈雄《古今詞話》引《教坊記》作後主作，《歷代詩餘》引同。

【附録】

沈雄《古今詞話》（《詞辨》卷上）：「三臺舞曲，自漢有之。唐王建、劉禹錫、韋應物諸人有宫中、上皇、江南、突厥之别。《教坊記》亦載五、七言體，如：『不寐倦長更，披衣出户行；月寒秋竹冷，風切夜窗聲。』傳是李後主《三臺詞》。『雁門關上雁初飛，馬邑闌中馬正肥。陌上朝來逢驛使，殷勤南北送征衣。』傳是盛小叢《三臺詞》。今詞不收五、七言，而收六言四句。」（後主詞並見《詞話》卷上。）

搗練子

雲鬟亂〔一〕，晚妝殘，帶恨眉兒遠岫攢〔二〕。斜托香腮春筍嫩〔三〕，爲誰和淚倚闌干？

見《詞林萬選》。

【注釋】

〔一〕雲鬟：烏雲般的鬟髮。

〔二〕遠岫攢：眉蹙、皺眉。「岫」是山的峯巒，「遠岫」即遠山，這裏是指眉的形狀像遠山一般。攢，緊蹙不舒。

〔三〕春筍：指女人的手指，言其尖細。　嫩：是形容手指的柔嫩。

【校勘】

調名下，吕本注：「出升庵《詞林萬選》。」案，楊慎《詞林萬選》録後主詞前後凡兩處，一處《菩薩蠻》「銅簧韻脆鏘寒竹」首，一處即此詞。劉繼增箋：「按，此闋舊鈔本、侯本並不載，當是吕氏校刊附益。」《花草粹編》題作「春恨」，未標作者姓名，在「深院静」首下。《續集》作李後主作，題作「閨情」。

〔嫩〕《花草粹編》作「懶」。

【集評】

況周頤《蕙風詞話》卷五：「雲鬟亂」闋前段，尤能以畫家白描法，形容一極貞静之思婦，綾羅間之暖寒，非深閨弱質、工愁善感者，體會不到。「一樹藤花」，確是人家庭院景物。曰「獨自看」，其殆《白華》之詩，無營無欲之旨乎？「扉無風而自掩」，境至清寂，無一點塵。如此云云。可知遠岫眉攢、倚闌和泪，皆是至真至正之情，有合風人之旨。即詞境詞格，亦與之俱高。雖重光復起，宜無間然。或猶譏其向壁虚造，寧非固歟。

浣溪沙

轉燭飄蓬一夢歸〔一〕，欲尋陳迹悵人非。天教心願與身違。　待月池臺空逝水，映花樓閣謾斜暉〔二〕。登臨不惜更霑衣！見《全唐詩》、《歷代詩餘》。

【注釋】

〔一〕轉燭：是説世事隨時變化，如同轉燭一樣。　飄蓬：蓬，草名，秋枯根拔，隨風飄轉。

〔二〕斜暉：斜陽。

【校勘】

這詞並見《陽春集》。《花草粹編》作馮延巳作。《全唐詩》、《歷代詩餘》均作後主作。

〔逝水〕《花草粹編》作「遊水」，當係誤刊。

〔映花〕《陽春集》、《花草粹編》、劉補本均作「蔭花」。

開元樂

心事數莖白髮，生涯一片青山。空山有雪相待，野路無人自還。

【校勘】

唐圭璋箋：「此詞見《蘇東坡集》，邵本有之。」

【附録】

水調歌頭　感南唐故宫檃括後主詞

白樸

南郊舊壇在，北渡昔人空；殘陽澹澹無語，零落故王宫。前日雕闌玉砌，今日遺臺老樹，尚想霸圖雄。誰謂埋金地，都屬賣柴翁？　慨悲歌，懷故國，又東風。不堪往事多少，回首夢魂同。借問春花秋月，幾换朱顔緑鬢，荏苒歲華終。莫上小樓上，愁滿月明中。

後記

詹安泰先生是我國老一輩學者中享有盛名的文學史家，於詞學精研覃思，造詣尤深。《李璟李煜詞》是其完成於二十世紀五十年代末的一部古籍整理力作，半個多世紀以來，以其收羅完備、校勘周詳、注釋精準，受到讀者的熱烈歡迎，誠如作者在該書《前言》中所言：可以供一般初學者的閱讀，同時也可以供有意深入鑽研者參考。有鑒於此，我社現將此書重加編排付印，列入《中國古典文學叢書》之中，以廣流傳。

當年原書未録各家對李璟、李煜詞的評語，原因是古人的評語一般都不很具體，如果不經過解釋，對普通讀者幫助不大。時至今日，全民文化素養有了很大的提高，爲便於各方面讀者的研讀，兹應作者哲嗣詹伯慧教授之囑，特約李保民先生從大量詞話和詞選本中，輯集相關評語，置於對應的詞後。這樣既可以通過評語幫助一般讀者理解原詞，也方便專業工作者在研究時參考，省却檢索之勞。

上海古籍出版社　二〇一五年五月十二日

漁洋精華録集釋	[清]王士禛著 李毓芙、牟通、李茂肅整理
聊齋志異會校會注會評本	[清]蒲松齡著　張友鶴輯校
敬業堂詩集	[清]查慎行著　周劭標點
納蘭詞箋注	[清]納蘭性德著　張草紉箋注
方苞集	[清]方苞著　劉季高校點
樊榭山房集	[清]厲鶚著　[清]董兆熊注 陳九思標校
劉大櫆集	[清]劉大櫆著　吴孟復標點
儒林外史彙校彙評	[清]吴敬梓著　李漢秋輯校
小倉山房詩文集	[清]袁枚著　周本淳標校
忠雅堂集校箋	[清]蔣士銓著　邵海清校 李夢生箋
甌北集	[清]趙翼著　李學穎、曹光甫校點
惜抱軒詩文集	[清]姚鼐著　劉季高標校
兩當軒集	[清]黄景仁著　李國章校點
惲敬集	[清]惲敬著　萬陸、謝珊珊、林振岳標校　林振岳集評
茗柯文編	[清]張惠言著　黄立新校點
瓶水齋詩集	[清]舒位著　曹光甫點校
龔自珍全集	[清]龔自珍著　王佩諍校點
龔自珍詩集編年校注	[清]龔自珍著　劉逸生、周錫䪖校注
水雲樓詩詞箋注	[清]蔣春霖著　劉勇剛箋注
人境廬詩草箋注	[清]黄遵憲著　錢仲聯箋注
嶺雲海日樓詩鈔	[清]丘逢甲著　丘鑄昌標點

湯顯祖戲曲集	[明]湯顯祖著　錢南揚校點
白蘇齋類集	[明]袁宗道著　錢伯城校點
袁宏道集箋校	[明]袁宏道著　錢伯城箋校
珂雪齋集	[明]袁中道著　錢伯城點校
隱秀軒集	[明]鍾惺著　李先耕、崔重慶標校
譚元春集	[明]譚元春著　陳杏珍標校
張岱詩文集(增訂本)	[明]張岱著　夏咸淳輯校
陳子龍詩集	[明]陳子龍著 施蟄存、馬祖熙標校
牧齋初學集	[清]錢謙益著　[清]錢曾箋注 錢仲聯標校
牧齋有學集	[清]錢謙益著　[清]錢曾箋注 錢仲聯標校
牧齋雜著	[清]錢謙益著　[清]錢曾箋注 錢仲聯標校
牧齋初學集詩注彙校	[清]錢謙益著　[清]錢曾箋注 卿朝暉輯校
李玉戲曲集	[清]李玉著 陳古虞、陳多、馬聖貴點校
吴梅村全集	[清]吴偉業著　李學穎集評標校
歸莊集	[清]歸莊著
顧亭林詩集彙注	[清]顧炎武著　王蘧常輯注 吴丕績標校
安雅堂全集	[清]宋琬著　馬祖熙標校
吴嘉紀詩箋校	[清]吴嘉紀著　楊積慶箋校
陳維崧集	[清]陳維崧著　陳振鵬標點 李學穎校補
秋笳集	[清]吴兆騫撰　麻守中校點

清真集箋注	[宋]周邦彦著　羅忼烈箋注
石林詞箋注	[宋]葉夢得著　蔣哲倫箋注
樵歌校注	[宋]朱敦儒著　鄧子勉校注
李清照集箋注(修訂本)	[宋]李清照著　徐培均箋注
陳與義集校箋	[宋]陳與義著　白敦仁校箋
蘆川詞箋注	[宋]張元幹著　曹濟平箋注
劍南詩稿校注	[宋]陸游著　錢仲聯校注
放翁詞編年箋注(增訂本)	[宋]陸游著　夏承燾、吴熊和箋注　陶然訂補
范石湖集	[宋]范成大撰　富壽蓀標校
于湖居士文集	[宋]張孝祥著　徐鵬校點
稼軒詞編年箋注(定本)	[宋]辛棄疾撰　鄧廣銘箋注
姜白石詞編年箋校	[宋]姜夔著　夏承燾箋校
後村詞箋注	[宋]劉克莊著　錢仲聯箋注
雁門集	[元]薩都拉著　殷孟倫、朱廣祁校點
揭傒斯全集	[元]揭傒斯著　李夢生標校
高青丘集	[明]高啓著　[清]金檀注　徐澄宇、沈北宗校點
唐寅集	[明]唐寅著　周道振、張月尊輯校
文徵明集(增訂本)	[明]文徵明著　周道振輯校
震川先生集	[明]歸有光著　周本淳校點
海浮山堂詞稿	[明]馮惟敏著　凌景埏、謝伯陽標校
滄溟先生集	[明]李攀龍著　包敬第標校
梁辰魚集	[明]梁辰魚著　吴書蔭编集校點
沈璟集	[明]沈璟著　徐朔方輯校
湯顯祖詩文集	[明]湯顯祖著　徐朔方箋校

樊南文集　　[唐]李商隱著　[清]馮浩詳注
錢振倫、錢振常箋注
皮子文藪　　[唐]皮日休著　蕭滌非、鄭慶篤整理
鄭谷詩集箋注　　[唐]鄭谷著
嚴壽澂、黄明、趙昌平箋注
韋莊集箋注　　[五代]韋莊著　聶安福箋注
李璟李煜詞校注　　[南唐]李璟、李煜著　詹安泰校注
張先集編年校注　　[宋]張先著　吴熊和、沈松勤校注
二晏詞箋注　　[宋]晏殊、晏幾道著　張草紉箋注
梅堯臣集編年校注　　[宋]梅堯臣著　朱東潤編年校注
歐陽修詩文集校箋　　[宋]歐陽修著　洪本健校箋
歐陽修詞校注　　[宋]歐陽修著　胡可先、徐邁校注
蘇舜欽集　　[宋]蘇舜欽著　沈文倬校點
嘉祐集箋注　　[宋]蘇洵著　曾棗莊、金成禮箋注
王荆文公詩箋注　　[宋]王安石著　[宋]李壁箋注
高克勤點校
王令集　　[宋]王令著　沈文倬校點
蘇軾詩集合注　　[宋]蘇軾著　[清]馮應榴注
黄任軻、朱懷春校點
東坡樂府箋　　[宋]蘇軾著　[清]朱孝臧編年
龍榆生校箋
欒城集　　[宋]蘇轍著　曾棗莊、馬德富校點
山谷詩集注　　[宋]黄庭堅著　[宋]任淵、史容、
史季温注　黄寶華點校
山谷詩注續補　　[宋]黄庭堅著　陳永正、何澤棠注
山谷詞校注　　[宋]黄庭堅著　馬興榮、祝振玉校注
淮海集箋注　　[宋]秦觀撰　徐培均箋注
淮海居士長短句箋注　　[宋]秦觀著　徐培均箋注

孟浩然詩集箋注(增訂本)	[唐]孟浩然著　佟培基箋注
王右丞集箋注	[唐]王維著　[清]趙殿成箋注
李白集校注	[唐]李白著　瞿蜕園、朱金城校注
高適集校注(修訂本)	[唐]高適著　孫欽善校注
杜詩趙次公先後解輯校	[唐]杜甫著　[宋]趙次公注 林繼中輯校
杜詩鏡銓	[唐]杜甫著　[清]楊倫箋注
錢注杜詩	[唐]杜甫著　[清]錢謙益箋注
岑參集校注	[唐]岑參著　陳鐵民、侯忠義校注
戴叔倫詩集校注	[唐]戴叔倫著　蔣寅校注
韋應物集校注(增訂本)	[唐]韋應物著　陶敏、王友勝校注
權德輿詩文集	[唐]權德輿撰　郭廣偉校點
韓昌黎詩繫年集釋	[唐]韓愈著　錢仲聯集釋
韓昌黎文集校注	[唐]韓愈著　馬其昶校注 馬茂元整理
劉禹錫集箋證	[唐]劉禹錫著　瞿蜕園箋證
白居易集箋校	[唐]白居易著　朱金城箋校
柳宗元詩箋釋	[唐]柳宗元著　王國安箋釋
柳河東集	[唐]柳宗元著　[宋]廖瑩中輯注
元稹集校注	[唐]元稹著　周相録校注
長江集新校	[唐]賈島著　李嘉言新校
三家評注李長吉歌詩	[唐]李賀著　[清]王琦等評注
樊川文集	[唐]杜牧著　陳允吉校點
樊川詩集注	[唐]杜牧著　[清]馮集梧注
温飛卿詩集箋注	[唐]温庭筠著　[清]曾益等箋注
玉谿生詩集箋注	[唐]李商隱著　[清]馮浩箋注 蔣凡校點

《中國古典文學叢書》已出書目

詩經今注	高亨注
楚辭今注	湯炳正、李大明、李誠、熊良智注
司馬相如集校注	[漢]司馬相如著　金國永校注
揚雄集校注	[漢]揚雄著　張震澤校注
張衡詩文集校注	[漢]張衡著　張震澤校注
阮籍集	[魏]阮籍著　李志鈞等校點
陶淵明集校箋(修訂本)	[晉]陶潛著　龔斌校箋
世説新語箋疏(修訂本)	[南朝宋]劉義慶撰　余嘉錫箋疏　周祖謨等整理
世説新語校釋	[南朝宋]劉義慶撰　[南朝梁]劉孝標注　龔斌校釋
鮑參軍集注	[南朝宋]鮑照著　錢仲聯增補集説校
謝宣城集校注	[南朝齊]謝朓著　曹融南校注集説
文心雕龍義證	[南朝梁]劉勰著　詹鍈義證
詩品集注(增訂本)	[梁]鍾嶸著　曹旭集注
文選	[梁]蕭統編　[唐]李善注
玉臺新咏彙校	吴冠文　談蓓芳　章培恒彙校
王梵志詩集校注(增訂本)	[唐]王梵志著　項楚校注
盧照鄰集箋注	[唐]盧照鄰著　祝尚書箋注
駱臨海集箋注	[唐]駱賓王著　[清]陳熙晉箋注
王子安集注	[唐]王勃著　[清]蔣清翊注
陳子昂集(修訂本)	[唐]陳子昂撰　徐鵬校點